별 삼형제

별 삼형제

초판 1쇄 인쇄　2013년 05월 09일
초판 1쇄 발행　2013년 05월 16일

지은이　　신 영 혜
펴낸이　　손 형 국
펴낸곳　　(주)북랩
출판등록　2004. 12. 1(제2012-000051호)
주소　　　153-786 서울시 금천구 가산디지털 1로 168,
　　　　　　우림라이온스밸리 B동 B113, 114호
홈페이지　www.book.co.kr
전화번호　(02)2026-5777
팩스　　　(02)2026-5747

ISBN 978-89-98666-52-1 03810

이 도서의 국립중앙도서관 출판시도서목록(CIP)은 서지정보유통지원시스템 홈페이지(http://seoji.nl.go.kr)와
국가자료공동목록시스템(http://www.nl.go.kr/kolisnet)에서 이용하실 수 있습니다.
(CIP제어번호 : 2013006156)

별

삼형제

신영혜 지음

날 저무는 하늘에 별이 삼형제
반짝 반짝 정답게 지내이더니
웬일인지 별 하나 보이지 않고

남은 별만 둘이서 눈물 흘린다

book Lab

고모, 신영혜의 어린 시절을 읽으면서

이 글은 일곱 살짜리 여자 아이가 6.25전쟁이 발발하던 전후인 1949년부터 1957년 동안 겪었던 이야기를 쓴 것이다. 전쟁 전후로 혼란한 사회 속에 아버지는 어디론가 사라지고, 죽어가는 병든 엄마와 떨어져 다섯 살짜리 여동생을 데리고 고아원을 옮겨 다닌다. 전쟁이 극에 달했을 때는 고아원조차 그들을 지켜주지 못해 고작 여덟 살 계집아이가 전쟁의 포화 속에 홀로 어린 동생을 지키고자 몸부림을 치기도 한다. 그러나 결국 동생과 헤어지면서 60년의 세월이 흘렀다. 그런데도 좀처럼 그때 동생을 지키지 못했다는 자책감에서 벗어나지 못하는 것이었다. 이 글을 읽으면서 설마, 사람이 어떻게 이렇게 살지? 말이 돼? 마치 믿기지 않는 아주 먼 나라 동화처럼 느껴지지만 불과 60년 전에 이 나라에서 벌어진 이야기다.

이 글을 쓴 분은 나와 6촌간이다. 아버지의 작은 아버지의 딸로 내게는 6촌 고모가 되는 셈이다. 나의 아버지도 이북이 고향이지만 홀로 월남해서 남한출신인 엄마와 결혼을 해서 우리 5남매를 낳았다. 하지만 우리 5남매는 아버지 고향이 어디인지 모른다. 알려고 하지도 않는다. 하지만 아버지는 죽는 그날까지 고향에 가고 싶었는지 1980년대 중국에 있는 조선족과 교류가 시작되면서 동북인민

대학 교수로 계신 작은 아버지와 편지를 주고받았다. 우리는 그런 아버지가 안쓰럽기보다는 어쩌라고? 이제 와서. 하며 어깨를 으쓱하는 정도였다.

그렇게 편지를 주고받던 나의 아버지와 고모의 아버지가 오래 전에 돌아가셨지만 그때의 편지가 연결이 되어 6촌 고모와 우리는 지금 서로 방문하는 관계로 발전했다. 이제 6촌 고모는 70을 바라보고 있다. 이후로 그녀는 당시로서는 상당한 지식인으로 중국에서 자리를 잡고 계신다. 그런데도 그때의 기억을 전혀 지울 수가 없는 모양이었다. 그러더니 어느 해부터인가 자신이 쓴 글을 출판하고 싶다고 했다. 이유는 글을 통해 동생을 찾고 싶다는 것이었다. 우리 형제들은 비현실적인 일이라며 귀담아 듣지 않았다. 하지만 최근에 내게 원고를 검토해달라며 보내왔다. 나는 앞장을 몇 장 읽다가 읽기를 포기했다. 현실 감각이라고는 전혀 없는 글이라 누구도 읽지 않을 거라는 생각이 들었던 것이다. 동생을 찾으려면 차라리 다른 방법을 취하는 것이 더 현실적이라는 생각이 들었다.

그러더니 이번에는 출간을 위해 아예 중국에서 오신다는 것이었다. 결국 나는 보내온 원고를 볼 수밖에 없었다. 처음 몇 장은 애써 넘겼지만 시간이 갈수록 뒤가 궁금해지는 재미를 느끼기 시작했다.

불과 60년 만에 이 나라 성장의 역사는 가히 폭발적이다. 동족간에 3년이라는 긴 전쟁을 치르고 폐허가 된 이 땅에 국민소득은 100불이 안된다고 했지만 60년이 지난 지금은 2만 불이다. 60년 만에 200배의 성장을 한 셈이다. 그런데 지금은 마치 처음부터 그렇게 살았던 국민처럼 과거를 깡그리 잊고 산다. 설사 누가 그런 말이라고 할라치면 손사래를 치며 막아선다. 고리타분한 옛 애기 개에게나 줘버리라고…… 밤낮 못 살던 옛날 애기만 하니 발전이 없는 거라고…… 그래서 사람들은 암울했던 과거를 애써 잊고 장밋빛 미래만 이야기 한다.

그러나 심리학자 칼 구스타프 융은 아버지와 아버지의 아버지들이 찾던 것을 우리가 이해하지 못하면 못할수록 우리도 그만큼 우리를 이해하지 못하게 된다고 했다. 그는 또 과거를 모르면 현재도, 미래도 없다고 했다. 그런데도 이 사회는 오로지 미래만을 가르치고 있다. 하지만 융은 사람들은 발전의 역사가 아직 전체적으로 완성되지 않은 미래에 살면서 황금시대가 오리라는 터무니없는 약속에 의지한다고 한다. 사람들은 점점 더 깊어지는 결핍감과 불만, 초조감에 사로잡힌 채, 새로운 것을 향한 제지는 전혀 받지 않고 돌진하고 있다고 했다.

60년 전에 살기 위해 몸부림쳤다면 당시보다 200배 잘사는 현재는 스스로 목숨을 끊는 사람의 수가 세계 1위란다. 당시는 한 끼 밥을 먹고 따뜻한 잠자리에 잠이 들면 행복했는데 이제는 배불리 먹으면서도 행복지수가 하위권이란다. 마치 그 옛날 전 세계에서 가장 빈곤한 가난지수와 같아졌다. 물질의 빈곤만큼이나 정신의 빈곤이 바닥을 헤매고 있다.

내가 읽어보니 이 글은 해리포터의 모험과 다를 게 없다. 하지만 해리포터의 모험이 가상이라면 이것은 현실이다. 아이들에게 꿈과

희망을 주려면 이 나라 이 땅에서 자기보다 어린 소녀가 어떻게 살아왔는지 알려주는 것이 그 세대를 살았던 사람들이 해야 할 일이다. 엉뚱한 환상을 말하면 그저 잘 될거야 하는 터무니없는 비현실에서 벗어나게 해야 진정 이 나라가 발전할 것이다.

2013년 4월 22일 6촌 조카 신광옥

목차

1

일곱 살에 찾아온 그 찬란한 봄날에

어머니의 병은 나날이 심해져갔다. 결국 어머니는 자리에서 일어나지 못했고 어른들은 나와 미숙이를 그런 어머니 근처에 다가가지 못하게 했다.

따뜻한 봄날 아침, 셋째 외삼촌이 나와 미숙이를 데리고 집을 나섰다. 어떤 설명도 하지 않았지만 일곱 살이던 나는 불안을 느꼈고 다섯 살이 채 되지 않은 미숙이는 공원을 간다며 좋아라 하면서 엄마도 같이 가자고 소리쳤다. 하지만 외삼촌은 그런 미숙이에게 엄마는 자게 두라고 했다. 외삼촌은 미숙이의 손을 쥐고 걸었고, 나도 말없이 그 뒤를 따랐다. 버스를 타고 충청리 역에서 내려, 좀 넓은 도로를 건너, 경사진 언덕길에 들어섰다. 산을 오르는 듯한 가파른 경사면을 따라 양 옆으로 포플러 나무가 고갯마루까지 이어져 있었다. 포플러는 하늘을 찌를 듯이 높았고, 나뭇잎 앞면의 푸른색과 뒷면의 흰색이 서로 겹쳐지고 어우러지며 햇빛에 반짝였다.

"하나, 둘, 셋……."

그런 포플러 나무를 세어가면서 신이 나서 떠들던 미숙이는 어느새 외삼촌 등에 엎드려 잠이 들었다. 5월의 따뜻한 봄날에 잠든 미숙이를 업고 오르막길을 걷고 있는 외삼촌의 얼굴에는 구슬땀이 흐르고 있었다. 결국 외삼촌은 쉬었다 가자고 했다. 외삼촌은 깊이 잠든 미숙이를 등에서 내려 팔로 안고 포플러 나무에 기대앉았다. 나도 그 옆에 앉았다.

삼촌은 나를 보며 말했다.

"우리 집이 중국에서 청산 당했다는 것, 절대로 남한테 말해서는 안 돼, 알았지? 아버지는 인민군에 가고, 어머니는 세상 떴다. 잘 기억하고 있어."

나는 말없이 고개를 끄덕였다. 우리 집이 청산 당할 때의 일을 전부 기억하지는 못하지만 부분적으로 머릿속에 남아 있었다. 하지만 그것을 누구에게도 말하면 안 된다는 것은 잘 알고 있었다.

우리 집은 중국 길림성 화룡에 있었다. 그곳에서 어머니, 오빠, 나와 여동생 미숙이, 이렇게 넷이서 살고 있었다. 어머니는 조그마한 가계를 운영하고 있었다. 아침 먹고 나갔다가 점심때가 되면 들어와서 나와 미숙이이에게 점심을 먹이고는 나갔다가 저녁에 돌아왔다. 돌아올 때마다 물엿으로 버무린 옥수수튀김 덩어리 두 개를 들고 들어왔다. 나와 미숙이는 좋아라 뛰면서 먹었다.

그때 아버지를 본 기억은 없다. 하지만 오빠는 아버지와 함께 살던 때를 말해주었다. 마당이 넓은 단층집에 살고 있었는데 마당의 꽃밭에는 봄부터 가을까지 꽃들이 만발했단다. 아버지가 한편으로는 해바라기를 심어 동네사람들이 부러워하고는 했단다. 집에는 축

음기와 사진기가 있었고, 오빠는 아버지를 따라 낚시도 했단다.

집에는 언제나 나와 미숙이 둘뿐이었다. 여름이면 꽃밭에 꽃이 아름답게 피었다. '워리'라고 부르는 개가 꼬리를 흔들고 마당에서 날뛰면서 재롱을 부렸는데 특히 미숙이를 아주 좋아했다. 하지만 어떤 때는 워리가 꽃밭을 망쳐놓았다고 엄마한테 맞기도 했다.

겨울에는 눈 덩어리를 네모나게 베어가지고, 눈 두부를 만들어 소꿉장난을 하기도 했다. 설날에 나와 미숙이는 색동저고리에 빨간 치마를 입고 할아버지와 할머니 앞에서 큰 절을 하고, 세뱃돈을 받아 가지고 엄마 품으로 달려갔던 기억도 난다. 그때 엄마는 그 큰 가슴으로 우리를 힘껏 안아주었다. 그 설이 우리가 친척들과 같이 지낸 마지막 설로 기억된다.

미숙이와 나는 언제나 엄마와 한 이불 속에서 잤다. 미숙이는 엄마가 끌어안고, 나는 엄마 등 뒤에 붙어서 자곤 했다. 엄마는 밤마다 우리에게 옛날이야기도 해주고 책도 읽어 주었다. 당시 여학교를 졸업한 엄마는 우리에게 책을 많이 읽어 주었다. 엄마는 우리글과 일본글을 읽었으며 결혼 전에는 교환원으로 일을 했다고 한다. 우리 집에서 식모로 일을 하던 죽순이가 나간 후에 엄마가 직접 살림을 하는데도 손에서 책을 놓지 않았다. 김유신, 심청전, 홍길동전과 같은 고전을 비롯하여 백설 공주, 신데렐라등과 같은 세계명작 동화도 많았다. 아마 지금 생각해보면 엄마는 당시 여성들보다 상당한 지식을 가진 신여성이었던 것 같다.

그러던 어느 날 밖에서 황급히 들어온 어머니는 나를 불러놓고 말했다.

"내일 사람들이 와서 우리 집 물건을 가져갈지 몰라. 그때 넌 마구 울면서 물건을 못 가져가게 해야 해! 설마 어린애 손에 있는 물건을 빼앗겠어."

나는 말만 듣고도 겁나서 울음을 터뜨리고 말았다.

"바보처럼 왜 그래. 지금 우는 게 아니야, 내일 그놈들이 오면 그러라는 거지."

엄마는 그런 나를 다독이며 미소를 지어 보였지만 눈에는 눈물이 그렁그렁 맺히고 있었다.

드디어 토지 개혁이 시작되었다. '농회'라는 조직이 생겼고, '농회'는 사람들을 동원하여 청산을 시작했던 것이다. '청산'이란 원래 잘 살던 사람들의 재산을 빼앗는 것이었다. 이미 청산당한 집들로부터 갖가지 소식이 흘러 나왔다.

드디어 우리 집 차례가 되었던 것이다. 이튿날 아침을 먹고 있는데, 돌연히 십여 명의 사내들이 문을 박차고 들어와 집안에 있는 물건들을 마구 밖으로 나르기 시작했다. 처음에는 너무 놀라 멍하니 바라만 보고 있었는데 문득 엄마가 하던 말이 생각났다. 순간 소리치고 달려들고 울면서 그들이 들고 가는 이불이나 옷가지를 잡아당겼다. 하지만 흥분한 사내들은 어린 나를 구석에 처박아 놓고, 내 손에 쥐어 있던 옷까지 다 빼앗아 가버렸다.

그때 아버지는 중국 인민 해방군으로 중국 남쪽에서 국민당 군과 싸우고 있었다. 우리는 '혁명군인' 가족으로서 사회의 보호를 받아야 했다. 전국의 해방을 위해 가족을 후방에 두고, 전선에서 목숨을 걸고 싸우는 해방군의 가족이었지만 누구도 우리 가족을 지켜주지 않았다. 오로지 가난한 자가 가진 자를 향해 분노하며 그들의 재산을 빼앗는 데만 혈안이 되어 있었다. 그들은 눈에 혈기를 뿜으며 누룽지가 붙어있는 아궁이의 밥솥까지 들고 갔다. 그때 밥솥 밑에 타다 남은 옷을 본 것이었다. 어머니가 시집 올 때 가져와 한 번도 입어보지 못한 귀한 치마저고리를 부엌 아궁이에 던지면서 그놈들한테 빼앗길 거라면 차라리 태워 버리는 게 낫다고 했었는데 밥솥까지 빼앗길 줄은 상상도 못했던 것이다.

결국 타다 남은 옷이 발각되어 어머니는 농회로 끌려갔다. 나도 미숙이를 업고 농회의 앞마당에 있던 기억이 난다. 친척들이 데려다준 것 같았다. 농회의 회의실 문이 안쪽으로 걸려있어 들어갈 수는 없었지만 안에서 들려오는 사내들의 거친 욕설이 무섭게 들려왔다. 나는 두려움에 터져 나오는 울음을 애써 참으며 문틈으로 들여다보았다. 다섯 사람이 팔을 뒤로 묶인 채 꿇어 앉아있었다. 엄마의 뒷모습도 보였다. 주위에는 혁대와 몽둥이를 든 사내들이 둘러싸고 있었다. 드디어 그들이 혁대와 몽둥이를 손이 묶인 사람들을 향해 휘두르기 시작하자 "아악, 아악!"하는 비명소리가 터져 나왔다. 나는 더 이상 울음을 참지 못해 농회의 문을 두드리면서 소리쳐 울기 시작했다. 등에 업힌 미숙이도 따라 울었다. 그러자 한 사내가 나오더니 나와 미숙이를 향해 소리를 질렀다.

"여기는 왜 왔어! 빨리 집에 가!"

겁에 질린 나와 미숙이의 울음소리는 더 높아졌다. 그러자 그 사람은 옆에 있던 사람들에게 우리를 집으로 데려 가라고 소리쳤다.

그렇게 매를 맞고 돌아온 어머니는 자리에서 일어나지 못했다. 청산에 대한 어머니의 분노는 하늘에 다다르는 듯했다. 어머니는 아버지가 군대에 가는 것을 반대했었다. 하지만 아버지는 몰래 떠났다고 했다. 아버지가 가족을 버리고 가난한 사람들을 동정하고, 공산주의 목표를 실현하기 위해 혁명에 참가하고 있는데, 정작 가족들은 이런 학대를 받는 것을 이해할 수 없다면서 어머니는 분노하며 밤낮없이 화를 냈다.

그때 소학교에 다니던 오빠는 학교에서도 농회간부의 자식들한테 학대를 받았다. 그들은 지주와 부농의 자녀를 한 명씩 의자 위에 세워놓고 심문을 했다. 심문의 내용은 단 한가지였다. 숨겨놓은 재산을 실토하라는 것이었다. 모른다고 대답하면, 옆에서 몽둥이와 혁대를 쥔 아이들이 때리며 위협했단다.

오빠는 모르는 걸 꾸며낼 수는 없었다. 그렇게 아무것도 얻어내지 못한 그들은 오빠가 입었던 외투를 빼앗아 제일 가난한 애에게 주었다. 그 아이가 입었던 누더기를 걸치고 울면서 돌아오는 오빠의 모습에 엄마는 울분을 참지 못해, 그런 오빠를 다시 때리면서 울었다. 엄마에게는 세상의 모든 것이 원수라며 오빠가 아버지를 닮은 것까지 보기 싫다고 소리쳤다. 그때마다 나와 미숙이는 겁을 먹고 울음을 터뜨렸다.

그런 청산운동 바람이 미친 듯이 휩쓸고 지나가고 얼마 지나지 않아 무분별한 그들의 약탈행위를 바로잡기 시작했다. 그래서 우리 집에도 빼앗겼던 물건들이 되돌아 왔으나, 귀한 것들은 돌려받지 못했다. 누군가 팔아버린 것이 분명했다. 그 중에서도 어머니가 시집을 때 가져왔다는 진주와 옥이 박힌 반닫이 장이 온데간데없이 사라져 버렸다. 나와 미숙이가 숨바꼭질을 하며 놀 때, 그 안에 숨고는 했는데……. 그토록 득의양양했던 농회인들도 집으로 찾아와 어머니에게 고개 숙여 잘못했다고 사죄를 했다. 그러나 어머니는 그들을 용서할 수 없다며 쳐다보지도 않았고 그들의 사과도 받아들이지 않았다. 이어서 그들은 명예도 회복시켜주고, 군인 가족임을 상징하는 커다란 붉은 꽃을 처마 밑에 달아 주었다.

하지만 어머니의 울분은 결코 사라지지 않았다. 우리 세 남매를 먹여 살리기 위해 가게도 하고, 명태장사도 해봤지만, 지주 성분이라는 딱지가 붙어 있는 한 모든 것이 물거품과 같은 것이었다. '성분'이란, 중국해방 당시 모든 가정을 계급적으로 정해놓은 법이었다. 모택동이 발표한 것에 의하면 농촌에서는 지주, 부농, 중농, 빈농, 고농으로 나누었고, 도시에서는 자본가, 직원, 노동자, 소시민으로 나누었다. 지주나 부농은 남을 착취했던 자들로 성분이 나쁜 사람들이다. '할아버지는 많은 땅을 가지고 있어 지주로 되었고, 우리집은 땅이 없는데도 농회의 착오로 지주가 되어버렸다. 당시 외지로 이동할 때는 통행증이 발급되는데 거기에는 성분이 표시되어 있었다.

할아버지는 조선반도가 일제의 식민지가 됐던 1910년대, 국경 건너 북간도(지금의 중국 길림성 연변지구)에 개척하기만 하면 자기소

유로 할 수 있는 미개척지가 엄청나게 많다는 소문을 들었다. 가난에 찌든 할아버지의 네 형제는 얼마 안 되는 가제도구를 지게에 메고 북간도로 갔다. 소문대로 개척한 토지는 소유로 인정을 받았고 3년 동안 세금도 내지 않았다. 네 형제가 부지런히 일한 보람으로, 십여 년이 지나 토지는 점점 불면서 생활도 풍족해졌다.

한약에 대한 지식도 있는 할아버지는 산에서 얼마든지 캐올 수 있는 약재로 한의원을 차리면서 재산을 늘려갔다. 그렇게 20여 년 간 악전고투를 거친 끝에 네 형제는 모두 땅과 재산을 많이 가진 대지주로 변신했다. 하지만 그런 재산이 토지개혁 때, 청산의 대상이 되어 할아버지 네 형제의 재산은 순간에 날아가 버렸다. 어머니는 성분이 지주라는 쇠사슬 같은 압박에서 벗어나려고, 길림성 화룡현을 떠나 흑룡강성에 살고 있는 어머니의 친정집을 찾아갔다.

그러나 엄마의 친정집 성분도 지주로 분류되어 있었다. 외할아버지는 젊었을 때 빈손으로 러시아에 들어가, 벌목공으로부터 시작했으나, 운이 좋아 농장주까지 되였다. 농장을 경영하는 한편, 중국과의 무역도 했다. 그러나 러시아 10월 혁명 때 부르주아로 몰려 중국으로 쫓겨났지만 외할아버지는 그곳에서 다시 가업을 일으켰다. 흑룡강성 삼차 구에 자리를 잡고, 러시아에서 가져온 재물을 팔아 땅을 사고 소작농들을 부리며 큰 지주가 되었다. 다시 무역업에도 손을 대면서 약방까지 경영했다. 어머니와 동생 네 형제를 공부시켰고, 가업이 왕성하여 당시 큰 자산가로 이름을 날렸다. 그러나 중국의 토지개혁과 청산으로 피땀 흘려 모은 재산을 하루아침에 모두 빼앗겨 버렸다. 결국 외할아버지는 세상을 원망하며 스스로 목숨을 끊었다. 그러자 큰 외삼촌은 외할머니를 모시고, 외할머니의 친정집이 있는 강원도 원산으로 이사갔다.

나의 아버지는 할아버지로부터 땅을 물려 받지도 않았음은 물론 토지를 관리하지도 않았다. 오로지 월급을 받아 생활하는 직원이었기에, 성분은 직원이 되는 것이 옳았다. 그러나 농회의 착오로 '지주'란 성분으로 분류된 것이었다. 그것을 알 리 없는 엄마는 지주성분으로부터 벗어나려는 것은 물론 산 좋고 물 맑은 내 나라 조선의 금수강산에서 살면 병든 몸도 나아질 거라는 생각을 했다. 더구나 외할머니와 큰 삼촌이 조선에 살고 있었다. 외할아버지가 스스로 목숨을 끊자 외할머니와 큰 삼촌이 원산으로 이주를 했다.

어머니는 셋이나 되는 동생들을 설득해서 함께 조선으로 가기로 결심했다. 조선으로 이주할 준비를 하면서 두만강을 건너기 제일 좋은 겨울을 기다렸다. 겨울이 오자 식구들은 주위 사람들의 눈을 피하기 위해 뿔뿔이 흩어져서 떠나기로 했다. 당시에는 통행증이 있어야 다닐 수 있었는데, 그 통행증에는 성분이 지주라고 기록되어 있다. 지주와 부농 성분인 사람들은 마음대로 다닐 수가 없었다.

어머니와 우리 세 남매는 셋째 외삼촌과 함께 떠나게 되었다. 함박눈이 쏟아지는 겨울밤, 미리 준비해 둔 마차가 왔다. 지붕도 없는 마차였다. 우리는 바닥에 짚을 깔고, 짐 보따리와 함께 엉켜 앉았다. 이불이라는 이불은 다 들고 나와 뒤집어썼다. 어머니와 외삼촌은 우리가 뒤집어 쓴 이불 위에 눈이 쌓이기 무섭게 부지런히 털어

냈다. 어느새 함박눈이 싸라기로 변하더니 털지 않아도 저절로 굴러 떨어졌다.

영하 20도로 내려가는 밤길을 마차는 쉬지 않고 달렸다. 새벽녘에 제일 위에 덮여있던 이불 한 채가 없어졌다는 것을 알았다. 울퉁불퉁한 눈길을 달리는 마차에서 이불이 떨어지는 것도 모르고 우리 식구들은 그대로 잠에 곯아떨어진 것이었다.

그렇게 며칠 동안 계속해서 마차를 탔다. 도중에 어떤 낯선 집에서 잠도 자고 밥도 먹었다. 이윽고 우리는 외삼촌이 이미 연락해 놓은 집에 도착했다. 그 집에서 하루 쉬고 두만강을 건너기로 한 것이었다. 다음날 사내가 셋이 와서 우리 세 남매를 업어 두만강을 건넜다. 그들은 중국과 조선의 국경을 드나들면서 장사를 하는 사람들이었다. 그래서 그들은 건너기에 가장 가깝고 안전한 곳을 잘 알고 있었다. 그때는 국경이라 해도 밤에는 보초서는 군인도 거의 없었다. 어머니와 삼촌은 우리와 좀 떨어져 건너왔다.

우리 식구는 무사히 국경을 건너 친척 집에 도착했다. 그들은 우리를 반갑게 맞아 주었다. 중국에 있던 집을 떠나서 처음으로 옷을 벗고 목욕도 했다. 그 먼 거리를 오는 동안 옮은 이도 잡았다. 속옷과 스웨터를 화로에 쪼이면 옷에 붙어 있던 이가 뜨거워서 견디지 못하고 기어 나온다. 그러면 그것들을 잡아서 화로에 떨어뜨리면 "픽- 픽-" 소리를 내면서 타버린다. 그것이 너무 재미있어 나와 미숙이는 서로 옷을 잡아당기면서 기다렸지만, 네 마리는 넘지 못했다.

며칠이 지나 그 친척 집을 나와 기차를 탔다. 처음 타는 기차는 신기했으나, 열차 사이를 건널 때 뒤로 세차게 밀려가는 레일과 땅이 너무 무서웠다. 마치 그 사이로 빨려 들어갈 것 같아 외삼촌의 다리를 꽉 부여잡고 움직이지를 못했다.

우리가 도착한 원산에는 외할머니와 큰 외삼촌이 살고 있었다. 외할머니는 우리를 따뜻하게 맞아 주었고 우리 네 식구는 방 한 칸을 차지하고 살게 되었다. 큰 외삼촌은 결혼을 했어도 자식이 없어, '아림'이란 여자애를 양녀로 기르고 있었다. 그런데 그 애는 말도 제대로 못하는 지능이 낮은 아이였다. 나와 미숙이는 그 애의 흉내를 내면서 놀려주기도 했다. 외숙모는 우리가 아림을 놀려줄 때도 빙긋이 웃을 뿐 꾸짖는 적이 없었다.

친정으로 돌아왔지만 어머니의 병세와 마음의 상처는 회복되지 못했다. 어머니는 거의 매일 분노하는 것 같았다. 특히 오빠가 그 화풀이의 대상이었고, 외할머니와 큰 외삼촌과의 말다툼도 끊지 않았다. 장녀였던 어머니가 시집가기 전처럼 동생들을 거느리려 했지만 외삼촌들도 누나의 말에 고분고분 순종할 나이는 아니었다. 그래서 또 어머니는 울분을 터뜨렸다. 중국에서 가족을 버리고 몰래 집을 떠난 아버지에 대한 불만, 청산을 당하면서 받은 고통, 이어서 친정 식구들과의 불화가 뒤범벅이 되어 어머니는 점점 더 신경질적이 되어갔고, 몸의 병은 점점 더 깊어졌다.

그러다가도 잠깐씩 약도 먹고, 아침에 일어나서 "오늘은 허리가 좀 펴진다"며 웃으면서 나와 미숙이를 데리고 산보를 하기도 했다. 그러면 나와 미숙이도 어머니를 따라 웃고 뛰면서 좋아했지만, 저녁

이면 힘에 겨워 그대로 쓰러져 자리에 누웠다. 이제 더 이상 우리에게 옛날이야기도 해 주지 않았다. 그런 어머니는 가끔 머리의 이를 잡아달라고 나의 무릎에 머리를 얹어 놓았다. 이가 있을 리 없었다. 머리를 쓰다듬어 잠들게 해달라는 것이었다. 나는 어머니가 나의 머리카락에 있는 서캐(이 알로 머리카락에 하얗게 매달려 있음)를 찾아 잡는 흉내를 내었다. 어머니의 머리카락을 헤치며 서캐를 찾는 것처럼 머리를 쓰다듬었고, 이어서 잡은 이와 머리카락에 붙어 있는 서캐를 죽이는 흉내까지 냈다.

그렇게 머리를 어루만지고 있다 보면 어느새 어머니는 잠이 들고, 나는 이때다 하며 베개를 살짝 대주고 밖에 나가 동네 아이들과 놀았다. 지나보면 참으로 철이 없던 나이였다. 좀 더 컸더라면 그런 어머니 곁에서 간호를 해 주었을 텐데……. 결국 어머니의 병은 깊어만 가고 영영 자리에서 일어나지도 못했다.

2

일곱 살에 시작된 고아원 생활

　포플러 나무가 늘어진 길을 다 지났을 즈음 노란 개나리꽃이 만발한 좁은 길이 나타났다. 좀 더 걸어 들어가니 넓은 정원이 펼쳐졌다. 나와 미숙이는 만발한 꽃들에 눈이 팔려 정신을 차릴 수가 없었다. 하지만 휘둥그레진 눈으로 예쁜 꽃들을 즐겨볼 새도 없이, 우리는 가운데에 놓인 제일 큰 집으로 안내되었다. 맨발로 강당을 지나 안쪽 방에 들어갔다. 그 방은 식당으로 밥상이 놓여 있었다. 식당 아주머니가 밥그릇을 가져왔다. 감자밥 누룽지를 물에다 말은 것이었다. 미숙이는 허기가 진 듯 숟가락을 들고 한 숟가락 먹다가 이내 나를 쳐다보고는 숟가락을 내려놓았다. 나는 체면치레를 하느라 미숙이 보다 몇 숟가락 더 떠먹고 숟가락을 놓았다. 식당 아주머니는 "점심 때가 지나서 아무것도 남지 않아……." 하고 변명하듯 중얼거리며 밥그릇을 거두어 들고 나갔다.

　나와 미숙이가 밥을 먹고 있을 때, 외삼촌은 고아원의 여선생과 소리를 죽여 이야기를 하고 있었다. 밥상이 거두어진 것을 보자, 외삼촌은 불쑥 일어나 우리 곁으로 다가왔다. "나갔다가 금방 돌아올 테니, 조금만 기다려"하고는 서둘러 나가버렸다. 나와 미숙이는 우두커니 떠나는 그의 뒷모습을 바라보고만 있었다. 후에 알았지만 외삼촌은 고아원의 여선생과 아는 사이였고, 이미 얼마 전에 이 고아원에 와서 나와 미숙이의 수속을 해놓았던 것이다.

나는 미숙이를 안고 방구석으로 가서 앉았다. 갑자기 몰려드는 피곤으로 그대로 잠이 들고 말았다. 얼마나 잤는지는 모르나, 우리는 아이들이 떠드는 소리에 깨어났다. 그 방은 식당으로 쓰는 곳이어서 고아들이 저녁 먹으려 들어온 것이었다. 대개가 내 또래였고 미숙이가 제일 어린것 같았다. 왁자지껄하는 그들은 구석에 앉아 있는 우리를 보고 말했다.

"또 새로 들어 왔나 봐."

"자매인가 봐."

"서로 닮은 것 같기도 하고 아닌 것 같기도 하고……."

하며 킬킬 거렸다.

저녁을 먹은 다음 우리는 다시 그 구석에 들어갔다. 그날부터 그 구석은 나와 미숙이의 보금자리가 되었다. 밥을 먹고는 구석에 들어앉아 꼼짝하지 않았다.

이튿날부터 미숙이는 엄마를 찾으며 울기 시작했다.

"엄마, 엄마! 엄마한테 가! 엄마 찾아 와!"

"엄마가 없는데 운다고 엄마가 나타나! 울지 마!"

그러면서 나도 같이 울었다. 그 어린 것이 엄마를 찾아 우는 것이 당연한데도 나도 어쩔 수가 없었다. 미숙인 울다가 잠들고, 깨어나면 또 울었다. 나도 같이 울며 잠들었다. 그러면서 마음속으로는 외삼촌이 데리러 올지도 모른다는 한 가닥 희망의 끈을 놓지 않고 간절히 기다렸다. 마치 그 구석을 떠나면 외삼촌이 찾지 못할 것 같아 한 발자국도 떠나지 못했던 것이었다.

밥 먹고 뒷간에 가는 시간 외에는 절대로 떠나지 않았다. 선생님과 보모들도 "좀 밖에 나가 놀아, 어째 구석에만 처박혀 있는 거야." 하며 꾸짖었지만 우리는 꼼짝하지 않았다. 고개를 숙인 채, 말도 없는 우리를 바라보던 그들도 이내 어쩔 수 없다는 듯, 고개를 저으며 방을 나갔다.

우리가 들어간 고아원은 '충청리 양육원'이라고 불렸고, 초등학생 이전의 고아를 받아들이는 곳이었다. 당시 40여 명의 고아들이 있었다. 생활을 살펴주는 보모들은 어머니라고 부르고, 노래와 춤을 가르치고 옛날이야기를 들려주는 보모를 선생님이라고 불렀다. 외삼촌 기다리기를 단념한 나는 미숙이를 데리고 밖에 나와 놀기도 하고, 다른 애들과 어울려 놀기 시작했다. 하지만 다른 애들과 쉽게 친해지지 못한 이유는 우리가 함경도 사투리를 쓰고 있었기 때문이었다. 다른 애들은 모두 강원도 사투리였다. 우리가 다른 애들처럼 강원도 사투리를 쓰게 되었는데도 아이들은 가끔 함경도 사투리를 흉내 내면서 우리를 놀렸다.

양육원의 생활은 궁핍했다. 하루 세끼 먹는 밥에 대부분 감자가 섞였고, 배춧국에 두부가 조금 들어있는 것이 전부였다. 물론 간식이라곤 먹어 본 적이 없었다. 양육원에 들어와 한 달이 지날 즈음 외삼촌이 양육원에 왔다. 나와 미숙이의 옷과 우리가 쓰던 물건을 가지고 왔다. 그리고 어머니가 죽었다는 소식도 전해주었다. 그즈음 나와 미숙이는 양육원의 생활에 적응이 되었고, 어머니가 없는 집에 다시는 돌아갈 수 없다는 것도 알고 있었다. 미숙이도 이전처럼 외삼촌한테 매달리지는 않았다.

나는 훌쩍거리고 울었고, 미숙이도 따라서 울었다. 어머니는 끝내 병을 고치지 못하고, 36세라는 젊은 나이에 한 많은 세상을 떠났다. 이제 집으로 돌아갈 수 있을지도 모른다는 기대는 아침 안개처럼 사라져 버렸다. 외삼촌은 오빠가 초등학생 이상의 고아가 들어갈 수 있는 산제리 애육원에 있다고 알려 주었다.

이후로 우리는 양육원 생활에 적응되었다. 말씨도 강원도 애들과 다름이 없었다. 양육원을 둘러싼 자연환경은 너무도 좋았다. 일본강점기 일본인의 절이었다는 양육원의 건물과 정원은 고아원으로 쓰기는 아까울 정도로 화려한 곳이었다. 우리가 처음 걸어온 언덕길 양 옆에 늘어선 포플러 나무에 이어 개나리꽃으로 만발한 오솔길 끝에는 다시 넓은 정원이 펼쳐졌다. 북쪽으로는 높지 않은 산이 있고, 산 아래 사각의 큰 집이 한 채 있다. 산은 밤나무로 꽉 들어차 있었다.

사각의 큰 집은 현관이 남쪽에 있고, 현관에는 신을 벗어 놓는 궤짝이 있었다. 미닫이문을 열고 들어가면 50여명이 들어갈 수 있는 강당이 있고, 동쪽과 서쪽에는 방이 세 개씩 있다. 북쪽에는 방이 두개 있다. 하나는 크고, 하나는 좀 작았다. 우리는 강당에서 노래와 춤을 배우고, 어떤 때는 집회도 했다. 강당 옆에 있는 방들은 보모들과 고아들의 숙소였고, 북쪽의 큰 방은 낮에는 식당이고 밤에는 숙소였다. 부엌은 서북쪽에 있었고, 절반은 지하실처럼 내려가 있었다. 현관 앞은 넓은 마당이 펼쳐있고 현관문 양쪽에는 석주가 있고, 석주 앞에는 어른 키 만한 두 그루의 무궁화나무가 서 있었다. 큰 집의 앞마당을 사이에 두고 동서 양쪽에는 남북으로 길쭉하게 생긴 집이 두 채가 있었다. 두 집에는 부처님을 모셔놓고 있다고 들었으나, 전쟁이 일어나기 전에는 한 번도 들어가 본적이 없었다. 못 들어가게 했기 때문이었다.

앞마당을 지나 남쪽으로 나가면 아주 넓은 화원이 있었다. 화원으로 들어가는 사이 길에는 벚나무가 두 줄로 서있었고, 그 통로가 끝나면 아카시아 나무로 된 울타리에 둘러싸인 화원이 펼쳐진다. 넓은 화원의 중앙에는 타원형의 연못이 있고, 연못 가운데는 돌로 쌓은 동그란 섬이 있었다. 섬에는 한그루의 소나무가 있는데, 그 소나무는 우리가 편안히 올라 앉아 놀 수 있을 만큼 옆으로 구부러져 있기도 했다. 연못에는 연꽃잎이 푸르게 펼쳐있었다. 연못 주위에는 이름도 모를 가지각색 꽃들이 만발했다. 여기저기에 돌로 된 의자가 있었고, 연못에서 좀 떨어진 북쪽으로 두 그루의 하얀 목련이 서있었다. 그 사이에는 하얀 돌판으로 된 바둑판이 놓여 있고, 그 주의에는 도토리 같은 원주형의 여섯 개의 돌 의자가 있었다. 하지만 바둑판은 우리에게 소꿉놀이를 하는 밥상이었다. 그곳에서 바둑을 두는 사람은 본적이 없었다.

큰 집의 서쪽으로부터 조그마한 냇물이 화원의 연못으로 흘러 들어가고 있었다. 그 냇물을 따라 위쪽으로 올라가면, 완만한 경사면에 넓은 과수원이 있었다. 복숭아 과수원이었다. 더 위로 올라가면 아주 커다란 두 개의 산소가 있고, 양옆에는 양과 소의 동물의 비석이 있었다. 검은 색의 넓적한 돌이 놓여있었는데 그곳에는 보통 사람의 두 배 이상의 큰 발자국이 찍혀 있었다. 그 산소의 주인은 장군이었으며 돌 위의 발자국이 바로 그의 발자국이라고 들었으나, 그 장군의 이름은 기억하지 못했다. 명절 때면 수많은 사람들이 그 장군의 산소 앞에 모여서 제사를 지내고, 춤을 추며 놀다가 갔다. 그런 날이면 영락없이 양육원에서는 결코 먹을 수 없는 간식과 과일을 얻어먹었다.

뽕나무 꽃이 지고나면, 파란 열매가 맺히고 빨갛게 익어가다가 6월 말쯤 되면, 자주색이 된다. 이때 남자애들은 나무에 올라가 흔들고, 여자애들은 치마폭을 벌려 받아 함께 나누어 먹었다. 달콤하고 상긋한 맛은 지금도 생생하게 기억된다. 치마폭에 얼룩덜룩한 자주색, 입술과 뺨까지 자주색인 우리를 보고도 보모들은 크게 꾸짖지 않았다.

아침 햇빛이 찬란하게 비치는 따뜻한 어느 날, 나와 미숙이가 큰 집 동쪽의 작은 마당에서 놀고 있었다. 거기에는 약밤이라고 불리는 밤알이 작은 밤나무가 두 그루 있었고, 감나무도 몇 그루 있었다. 아주 만발한 감나무 꽃이 떨어질 때여서 땅 바닥에는 감꽃이

가득 했다. 나는 감꽃을 주워 실에 꿰여 목걸이를 만들기 시작했
다. 그것은 그곳의 다른 애들한테서 배운 것이었다. 콩알보다 조금
더 큰 초롱모양의 감꽃은 반은 감색, 반은 하얀색으로, 실에 꿰어
목에 걸면 귀엽고 화려했다. 다른 애들이 걸고 있는 것을 보고 미
숙이는 자기도 걸겠다고 졸랐기 때문에 만드는 것이었다.

감꽃은 먹음직해, 씹어보면 단맛도 있지만 텁텁한 맛이 더했다.
금방 떨어진 꽃은 윤기가 있고 실에 꿰면 정말 예뻤다. 그런 싱싱한
감꽃을 찾으려고 감나무 아래에서 머리를 땅바닥에 박고 헤집고 있
었다. 그때, "앗"하는 미숙이의 외마디 소리에 나는 손에 쥐고 있던
감꽃을 내던지고 미숙이를 향해 달려갔다. 내가 꽃을 줍고 있는 동
안 미숙이는 판자 위에 앉아 있었는데 판자와 함께 뒤로 넘어간 것
이었다. 그 뒤는 바로 똥통이었다. 나는 그대로 미숙이의 손을 잡았
다. 나는 미숙이가 판자와 함께 점점 똥물 속에 들어가는 걸 보면
서 있는 힘껏 잡아 당겼다. 주위를 돌아 볼 겨를도 없이 나는 목이
터져라 소리를 질렀다.

"아. 아악. 으악……."

그때 앞마당에서 놀고 있던 애들이 어른들을 불러와 미숙이를 건
져냈다. 내가 붙들고 있던 미숙이의 왼쪽 팔과 얼굴을 빼고는 전부
똥통 안에 빠져있었다. 보모들은 그 모습을 보고 혀를 차며 "조금
만 늦었더라면 큰 일 날 뻔 했네 참……" 하면서 나를 흘겨보았다.
그때 나는 미숙이가 그렇게 된 것이 나 때문이라는 생각이 들었다.
미숙이는 목욕을 하고 새 옷을 갈아입었다. 찰떡도 먹었다. 그처럼

큰 사고를 겪은 후에는 찰떡을 먹어야 한다는 풍습이 있었다. 그렇지 않으면 오래 살지 못한다면서……. 그때 찰떡까지 먹었으니 미숙이는 아주 오래 살고 있을 거라 믿고 있다. 지금도 나는 그것을 간절히 바라고 있다.

이렇듯 나는 다른 고아들과 달리 미숙이를 돌봐야 하는 책임이 더 있었다. 일곱 살 어린 나이에도 나는 미숙이의 곁을 떠날 수가 없었다. 같이 자고, 같이 밥을 먹고, 변소도 함께 가야 했다. 하지만 미숙이를 특별히 예뻐해 주던 선생이 있어 미숙이를 데리고 나가면 나는 비로소 자유를 맛보는 것이었다. 그때면 애들과 같이 산에도 올라갔고, 진달래꽃을 가득 꺾어 와서 미숙이한테 주기도했다. 피기 전의 솔 나무 꽃도 싱싱하고 달콤한 맛이었다. 다른 아이들이 하는 것처럼 새로 솟는 솔의 나무 가지를 꺾어, 껍질을 벗기니 싱싱하고 달콤한 즙이 나와 먹기도 했다.

나는 미숙이와 함께 양육원 화원이 베푸는 아름다운 꽃들의 향연에 마음껏 취했다. 아카시아가 만발할 때는 향기로운 꽃송이를 잡아 뜯어 손에 한 움큼 쥐고 걸어 다니면서 먹었다. 달콤한 맛도 있지만 텁텁한 맛이 섞여 있어, 많이 먹지는 못했다. 뒷산에 밤나무는 6월이면 하얀 꽃을 길게 늘이며 피우고, 8월이면 녹색의 밤송이를 뚜렷하게 보여 주었다. 밤알이 아직 익지 않아 하얀 것을 그대로 먹는 것도 재미있었다. 껍질이 여물지 않아 하얗고 여린 밤알의 껍질 벗기기가 쉽고, 먹기에 그리 달지는 않지만 물기가 있어 상긋한 맛이었다.

7월의 어느 날 우리 양육원의 전원이 원산 시에서 유명한 송도원이라는 해변 가에 놀려갔다. 처음 보는 백사장의 모래, 푸른 하늘과 끝없이 넓은 바닷물, 정말 별천지였다. 우리 어린애들은 바닷물에 발목을 적실 정도였고, 조개껍질을 줍는 것이 큰 놀이였다. 그리고 선생님과 큰 애들이 깊은 곳까지 헤엄쳐 가는 것을 보고 손뼉을 치며 함성을 올렸다. 해변 가에서 먹은 점심은 어느 때보다 맛있었다. 선생님과 큰 애들은 산 조개와 게, 물고기도 잡아왔다. 저녁 반찬으로 한다는 것이었다. 돌아올 때 미숙이의 신발 한 짝을 잃어버려 모두가 버스에서 내려 찾았으나, 끝내 찾지 못하고 돌아왔다.

9월 말이 되면 뒷산의 밤나무는 "딱, 딱" 소리를 내며 밤송이를 터뜨리고, 밤알이 떨어진다. 아침 일찍 뒷산에 올라가 밤알을 줍는 것도 재미있었다. 아직 익지도 않은 복숭아를 몰래 따려고 울타리에 구멍을 뚫다가 주인한테 붙들린 적도 있다. 겁이 나서 부들부들 떠는 우리를 심하게 야단을 치지도 않으면서 조금 지나면 익어서 맛있을 테니 그때 오라고 일러주었다. 복숭아가 익었을 때 우리는 복숭아밭에서 마음대로 먹었다. 그 자애한 할아버지는 전쟁 중에 어떻게 되셨을까?

그러나 겨울과 초봄은 힘든 계절이었다. 겨울에는 밖에 나가 놀지도 못했고, 먹을 것도 부족했다. 살을 에는 듯한 추위 속에서도 찬 물로 강당의 마루를 닦아야 했다. 찬물과 찬바람에 손등이 트고, 튼 자리가 터져 피가 나기를 여러 번, 그러면 딱지가 겹쳐졌다. 손마디에는 굳은 딱지가 두껍게 앉아, 손을 구부리기가 힘들었고,

억지로 구부리면 또 피가 터졌다. 당연히 보모들이 해야 할 일이었지만, 일곱 살 밖에 안 되는 우리에게 시키고, 터서 피투성이 된 손을 보고도 못 본척했다. 나는 속으로 "양심 없는 년들, 지 자식들에게도 이런 일을 시킬까?" 생각하며 울었다. 다행히 미숙이는 너무 어려서 마루 닦는 일은 하지 않았다.

봄이 오면 손에 앉았던 더덕 딱지도 떨어지고 새살이 나왔다. 그러나 초봄은 야채가 귀중한 때여서 배추나 두부도 많지 않았다. 어떤 때는 간고등어만 며칠씩 계속해 먹어야 했다. 그러면 간고등어 중독으로 얼굴이 빨개지고 열이 오르는 적도 있다. 하지만 이른 봄에 냇가에 자라나는 미나리는 간고등어 중독을 해제하는 특효약이었다. 신선한 미나리를 씹어 먹으면 얼마 안 가 중독이 빠지는 것이었다. 후일, 미나리 종류는 해독제라는 것을 알았다.

어느 날 차 선생님이 미숙이를 데리고 나갔다. 그래서 나는 아랫목에 그대로 누웠다. 게으름이 아니라 몸이 너무도 나른해서 견딜 수가 없었다. 지나가던 보모가 그런 나를 보고, 이마를 만지며, 어디 아프냐고 물었다. 평소에 한 번도 누워 있은 적이 없었으니, 큰 병이라도 걸린 것이 아닌가 의심이 든 것 같았다. 더욱이 한창 전염병이 돌고 있는 때여서 보모들은 나를 급히 병원으로 데려갔다.

나는 병원에 입원했다. 30여 개의 침대가 세 줄로 놓여 있는 큰 병실이었다. 임시로 병실로 쓰는 강당 같기도 했다. 나는 간호사가 갖다 주는 검고 쓴 약을 마시고, 또 하루 세끼 주는 쌀죽과 간장을 먹었다.

이틀이 지난 후 나는 간장에 버무린 쌀죽과 검은 약이 너무도 싫어서 견딜 수가 없었다. 그래서 집에 가고 싶다고 간호사에게 칭얼거렸다. 간호사는 이틀 동안의 관찰을 하고 보니 전염병이 아니라고 판단했지만, 내가 아무것도 먹지 않는 것을 보고 나온 죽을 다 먹으면 보내 주겠다고 했다. 그래서 나는 먹기 싫은 것을 억지로 다 먹었다.

다음날은 일요일이었다. 가족들이 병문안을 위해 모여 들었다. 나만 홀로 우두커니 앉아서 창밖을 내다보고 있었다. 양육원에서 나를 데리러 올 것을 고대하며……. 간호사가 나를 고아라고 말했는지, 어떤 할머니가 큰 사과를 가지고 와서 나의 손에 쥐어 주었다. 나는 싫다고 내밀었다. 그러자 간호사가 내 곁에 와서 "괜찮으니까 받아."하며 권했다. 나는 사과를 받아먹지 않고 쥐고만 있었다.

저녁 무렵 양육원에서 나를 데리려 왔다. 양육원에 도착하자 다른 애들이 먼저 미숙이를 불러왔다. 나는 병원에서 가져온 사과를 미숙이에게 주었다. 미숙이는 사과를 받아들고 주위의 애들에게 자랑스러운 듯이 함빡 웃어 보이며 사과를 먹기 시작했다. 양육원에 들어 와서 처음 먹는 사과였다.

한해가 지나고 우리가 양육원에 들어오던 때와 똑같은 따뜻한 봄이 왔다. 나와 미숙이는 양육원의 생활에 완전히 적응 되었고, 평온한 나날을 보내고 있었다. 오빠와 외삼촌이 있다는 것까지 잊을 정도였다. 나와 미숙이는 선생님이 가르쳐 준 노래도 잘 불렀고, 춤도 잘 췄다. 미숙이는 점점 더 예쁘게 자랐고, 차 선생님은 밖에 나갈 때마다 미숙이를 데리고 나갔다.

그해, 바로 전쟁이 일어난 1950년 봄, 5.1노동절에 우리 양육원에 서도 축하 연출에 참가하게 되었다. 원산시의 큰 강당에서 노동자 들의 축전모임이 있어, 우리는 그 무대에 오르게 된 것이었다. 양육 원을 대표하여 나와 미숙이 그리고 순옥이, 셋이서 '별 삼형제'를 노 래하며 무용을 하게 되었다. 이 공연을 위해 우리 셋은 연분홍 명 주치마 저고리를 딱 맞게 해 입었다. 잔주름을 넣은 치마는 부풀어 올라 날개 편 나비처럼 아름다웠다.

막이 오르자 우리는 손을 높이 올려 둥글게 하늘을 표시하면서, 풍금의 곡에 맞춰 노래를 시작했다.

날 저무는 하늘에 별이 삼형제
반짝 반짝 정답게 지내이더니
웬일인지 별 하나 보이지 않고
남은 별만 둘이서 눈물 흘린다

반짝이는 별을 표현할 때는 활짝 편 두 손을 머리 위로 올리고, 재빨리 반복해서 돌린다. 별 하나가 보이지 않을 때는 내가 한 발 자국 뒤로 물러나고, 미숙이와 순옥이가 옆으로 붙어 나란히 서서 두 손으로 눈물 닦는 시늉을 하고 끝났다. 아주 짧은 무용이여서 두 번을 거듭했다. 열렬한 박수 소리와 함께 재청을 요구하는 함성이 들려왔다. 선생님의 지시에 따라 우리는 또 한 번 춤췄다. 끝날 때 미숙이는 반대 방향으로 가다가 다시 달려왔다. 그 행동이 얼마나 귀여웠던지 관중석의 말소리가 무대까지 들려 왔다.

"아이구 어쩌면 저렇게 예뻐."

"아이 참 귀여워라, 사람 애간장을 녹이네."

선생님도 자랑스러운 듯 미소를 짓고, 우리를 데리고 점심을 먹었다. 처음 먹는 도시락이었다. 하얀 베니어로 싼 도시락은 참으로 별미였다. 남기는 것이 아까워서 배가 터질 것 같았지만 다 먹었다.

그 이튿날부터 우리 양육원에는 손님이 줄을 이었다. 미숙이를 양녀로 데려가겠다는 사람들이었다. 선생님도 뜻밖이라 당황하며 어쩔 줄 몰라 하며 나를 가리켰다.

"저 애 언니한테 물어 보세요. 우리는 권한이 없어요."

물론 나는 입을 꽉 다물고 한마디도 하지 않았다. 그 중 어떤 할머니는 같이 온 젊은 여인과 속삭였다.

"진짜 자매간이야? 피를 나누었는데 어쩌면 저렇게 달라?"

"그래도 하얀 피부와 노란 머리는 닮은 것 같은데……."

사실 나와 미숙이는 하얀 피부와 노란 머리카락을 빼고는 닮은 곳이 거의 없었다. 미숙이의 이마는 앞으로 튀어나오고 맑고 동그란 눈동자와 노란 머리는 서양 인형을 상상하게 했다.

우리가 5.1노동절에 공연을 하기 전에는 이런 양육원이 있는 줄도 몰랐다는 사람도 많았다. 그 후부터 양육원의 생활도 좋아졌다. 야채를 날라다 주는 단체도 있었고, 어떤 때는 금방 항구에서 건져

낸 생선을 트럭채로 마당에 내려놓고 가는 어부조합도 있었다. 우리는 생선 더미에서 기어 나오는 불가사리를 나무 꼬챙이로 굴려가며 놀기도 했다.

어느 날은 하얀 한복을 입은 할머니와 젊은 여자가 미숙이를 양녀로 데려가겠다고 찾아 왔다. 할머니는 아주 자애롭게 나의 손을 쥐고, 달랬다.

"우리 집에는 어린애가 없어서 데려가면 잘 키우고, 언제든지 만날 수 있게 할 테니 걱정 말아. 양육원보다는 아주 행복하게 살수 있단다. 물론 두 자매를 다 데려갔으면 좋으련만……."

그러나 나는 퉁명스럽게 "싫어요."라고 대답했다. 미숙이는 내 뒤에 숨어 얼굴을 삐죽이 내밀고 손님을 보고는 헤벌쭉 웃고 또 숨어 버렸다. 할머니는 "아이구, 귀엽기도 하지. 어디 이리 좀 와봐. 어서……"하고 웃음을 지었다. 나는 무조건 안 된다는 생각만 하고 있었다. 오빠한테 물어봐야 된다는 말도 꺼내지 못했다. 그런 생각조차 나지 않았다.

그 후에도 미숙이를 양녀로 데려가겠다는 사람들이 끊임없이 이어졌다. 또 양육원을 후원하는 사람도 점점 늘고 우리의 생활은 더없이 행복하게 이어졌다. 그러나 그런 평온한 생활은 계속되지 못했다. 6월 25일, 전쟁이 일어나고 만 것이다. 양육원의 원장 선생님은 원생들을 앞마당에 모아 놓고, 전쟁이 시작 됐다는 소식을 공포했다. 전쟁 중에 공습이 있을 것이라는 것을 알려주고, 주의사항을 설명하고 또 연습까지 시켰다. 먼저 공습의 사이렌이 나면 방공호에 들어갈 것, 방공호에 들어가지 못할 때는 그 자리에 엎드리고, 두 엄지손가락으로 귀를 막으면서 남은 네 손가락으로 눈을 감싸고, 입을 벌리라고 했다. 그런 연습을 수차례 이어서 했다. 그런데 미숙이는 웃기만 하고, 따라하지 않아 꾸지람도 받았다.

3

전쟁 포화 속에 떠난 이틀간의 긴 여행

전쟁이 났다는 말만 듣고 공습을 피하는 연습만 했을 뿐, 세상은 평온하기만 했다. 그런데 드디어 비행기가 머리 위에 떠돌기 시작했다. 모두가 지나가는 비행기였고, 어떤 때는 두 대, 세 대가, 때로는 하늘이 새카맣게 되도록 많았다. 우리는 고개를 들고 "하나, 둘, 셋……"하고 누가 먼저 세는가 경쟁도 했다. 도중에 모두 목이 아파 그만두곤 했다. 드문드문 폭격 소리도 들려왔다. 그러나 얼마간은 큰 변화도 없이 지냈다. 미숙이를 양녀로 데려가겠다고 매일같이 찾아오던 사람들의 발걸음도 뚝 끊어졌다. 전쟁 중에는 자기 몸조차 건사하기 힘든데 고아를 데려다 기르겠다는 사람이 있을 리 없다.

그때 나는 여덟 살이어서 학교에 들어가야 할 나이였다. 나와 같은 나이의 고아들은 9월부터 양육원에서 멀지않은 학교에 다니지만 나는 낮 동안 미숙이를 돌보아야만 했다. 결국 원장님은 나를 야학에 보내기로 했다. 야학이란 18세 이상의 청년 문맹자를 위해 설립한 야간 학교였다. 그때 그들이 공부를 시작하기 전에 부르던 노래를 지금도 기억하고 있다.

글 장님(문맹) 때 애달픔을 한탄만 하지 말고
일하고 나서 틈을 타서 배우고 또 배우자
앞선 이는 이끌어서 뒷선 이는 따라잡아
'가갸거겨 고교구규' 우리글을 몰라서야 수치지
이것도 모두 다 제 나라 글이라네
제 나라 글인데
배워야지 배워야지 아~암 배워야지

노래의 가사처럼 문맹 퇴치의 야간 학교였다. 나는 멋도 모르고 선생님이 가라고하니 갔던 것이다. 15명 정도의 학생이 있었는데, 모두 여자였다. 이미 시집 간 사람도 있고, 처녀들도 있었다. 그들은 내가 어린 나이에 야간 학교에 온 것을 보고 놀람을 금치 못했다. 또 고아라는 것을 알고는 더욱 측은하게 생각했다. 그들은 먹을 것을 가져와 공부가 시작되기 전에 쉴 새 없이 먹었다. 삶은 고구마, 감자, 찐 수수송이, 삶은 옥수수, 벼라 별 것을 다 가져왔다. 모두 같이 나누어 먹었다. 양육원에서 먹어 보지 못한 별난 간식이어서 더 맛있게 먹었다.

그렇지만 여덟 살이었던 내가 낮에 미숙이를 데리고 놀고, 저녁에 공부를 한다는 것은 무리한 일이였다. 수업을 시작하기 무섭게 나는 잠에 골아 떨어졌다. 며칠 다니지 못한 야학이었지만 하루도 빼놓지 않고 잠을 잤던 것이었다. 그러나 선생님도 나를 깨우거나 꾸짖은 적이 없었다. 며칠 후, 야학 선생님은 양육원에 항의서한을 제출했다. 여덟 살짜리 아이를 왜 인민학교(초등학교)에 보내지 않고,

야학에 보냈는지를……. 고아원은 정부의 사회 보장금으로 운영하는 곳으로 직원들이 원생을 돌봐주는 것이 의무인데도 불구하고 어린 나에게 미숙이에 대한 책임까지 씌우며 나를 야학으로 보낸 것이었다. 그때는 아무것도 몰랐으나, 지금 생각하면 양육원 보모들은 참으로 나쁜 사람들이었다.

폭격이 심해지자 아이들은 더 이상 학교에 다니지 못하게 됐다. 원래는 취학 전 고아들을 수용하는 양육원이었지만 언제부터인지 취학연령대의 아이들도 들어오기 시작했다. 원산시가 폭격을 맞아 공장들이 파괴됐다는 소식이 들려왔다. 시내에서 멀리 떨어진 산위에서 폭탄 터지는 소리가 귀에 쟁쟁하게 들려왔으나, 근처에 폭탄이 떨어진 적은 한 번도 없었다.

어느 날 저녁 시내로 장을 보러 나갔던 아이들과 식당 아주머니가 돌아왔는데, 선생님들과 보모들, 애들이 모여 있었다. 가까이 가보니 담요 위에 피투성이가 된 사람이 누워있었는데 식당 아주머니와 같이 장에 갔던 원생이었다. 폭탄이 바로 그 아이의 옆에서 터졌다는 것이었다. 엎드릴 새도 없이 파편에 맞아 부상당했다고 했다. 파편을 맞은 곳이 복부근처여서 며칠 동안 살아 있었으나, 끝내 목숨이 끊어지고 말았다. 전쟁으로 사람이 죽은 것을 본 것이 처음이었다.

어느 날 한 밤중에 공습 사이렌이 울리기 시작했다. 놀라 깨어나 그동안 연습만 했던 대피를 처음으로 실제로 하는 것이었다. 하늘

에는 조명탄이 걸려있어, 대낮처럼 밝았다. 조명탄이 이동하는 방향
으로 나무 그림자들이 아른거려 앞을 가늠할 수가 없었다. 이불속
에서 그대로 뛰어나와, 신발도 신지 못하고 맨발로 방공호에 들어
가 보니, 바지도 입지 못하고 뛰어 나온 원생도 있었지만 보모들이
안고 있었다. 어쨌든 모두 무사히 피난했고 공습 해제의 사이렌과
함께 우리는 다시 이불 속에 들어갔다.

전쟁이 일어난 직후에는 인민군이 서울을 해방시켰다는 소식이
들려왔다. 하지만 얼마 안 가서 미군이 원산까지 들어오고, 인민군
과 북쪽 노동당원들이 후퇴했다고 했다. 그즈음, 양육원의 원장과
선생님, 그리고 보모들까지 한밤중에 몽땅 도망가 버리고 식당아주
머니만 남아있었다.

그러던 어느 날 미국 군대의 짚 차가 마당으로 들어왔다. 차에 탄
군인은 세 명이였다. 둘은 코가 큰 미국 군이었고, 하나는 우리말을
하는 국군이었다. 우리는 호기심으로 달려가 그들을 에워쌌다. 미
국군은 머리와 얼굴에 부스럼이 있는 아이를 끌어내 옆에 세워 놓
고, 가방에서 약을 꺼내 발라 주었다. 무슨 약이었는지는 모르지만,
이틀이 지나니 그 애의 부스럼은 온데간데없이 사라졌다.

세 군인은 양육원의 주위를 한 바퀴 돌고 돌아갔다. 나중에 알고
보니 그들은 사령부가 주둔할 장소를 물색하러 온 것이었다. 충천
리 양육원은 경치는 좋지만 그들이 쓰기에는 건물이 너무 작았다.
또 동서 양쪽의 두 채의 집은 부처님을 모신 절이었다. 결국 건물이
큰 산제리 애육원이 그들의 주둔 장소가 되었다.

원장도 선생도 없는데 어느 날 양육원의 건물 주인인 여승이 찾아왔다. 그리고 유일하게 남은 식당 아주머니를 불러놓고 물었다.

"양육원의 책임자들이 다 가버리고 없는데, 지금 남은 쌀이 끊어지면 어떻게 할 예정인가요?"

식당 아주머니는 앞치마를 쥐어짜며 어쩔 바를 몰라 쩔쩔매며 대답했다.

"글쎄, 어떡하면 좋을지……."

여승이 말했다.

"우리도 저애들을 부양할만한 능력이 없으니 말이지."

"그래도 원장 선생님이 돌아올 때 까지만……."

"언제 돌아올지 누가 아나요?"

"……."

"지금 남아있는 쌀과 북어라도 나눠줘서 제 살 길을 찾도록 하는 것 외에 방법이 없는 것 같은데……."

양육원은 해산되게 되었다. 큰애들은 자기들의 쓰던 이불과 명태, 그리고 쌀을 담으며 보따리를 꾸리고 있었다. 우두커니 서있는 나를 보고 누군가 말을 했다.

"너네도 떠날 준비를 해라, 여기는 더 이상 못 있는 단다." 나는 이불을 한 채 묶어 메고 그 위에 마른 명태를 두 두름을 올려놨다. 식당 아주머니는 주먹밥을 만들어 떠나는 애들한테 나눠줬다. 나는 미숙이의 손을 쥐고, 대문 밖으로 나가려는데 나보다 한살 어린 남자애들 셋이 같이 가자고 따라 나왔다. 그들 손에는 주먹밥과 명

태가 한 두름씩 쥐어 있었다. 나를 믿고 따라오는 애들을 오지 말
라고 하지도 못한 채 같이 걸었다.

목적도 없이, 길을 따라 걸었다. 시내 쪽으로 내려가면 폭격이 심
해 위험하다는 것을 알고, 넓은 들 쪽으로 걸었다. 추수가 끝난 벌
판은 휑하니 넓기만 했다. 한참 걸어가다가 옥수수 밭머리에 앉아,
주먹밥을 먹었다. 일어나서 짐을 지고 떠나려하는데, 갑자기 "쌕-"하
고 쌕쌔기의 소리가 났다. 벌판이라 숨을 곳도 없어 우리는 그 자리
에 주저앉았다. 쌕쌔기는 한번 내려왔다가 올라가더니, 다시 내려오
면서 기총 소사를 했다.

나는 미숙이의 손을 쥐고 꿇어 앉아있었다. 총알과 껍데기가 우
리 주위에서 "퓨, 퓨-" 소리를 내며 흙속으로 파고 들어갔다. 우리는
누구도 움직이지 않았다. 또 움직일 수도 없었다. 비행기가 또다시
올라갔다 내려올 때, 비행사의 얼굴까지 보였다. 쌕쌔기는 그만큼
낮게 뜨고 있었던 것이다.

전쟁이 시작된 후, 우리는 여러 가지 비행기를 보았다. 높이 떠다
니는 B-29, 구라망, 모형 비행기처럼 십자로 생긴 전투기, 날 때마다
"쌕-"하고 소리치는 쌕쌔기, 은빛을 내고 제비처럼 생긴 제트기 등
등. 우리는 쌕쌔기를 제일 미워했다. 너무도 요란스러워 귀가 터질
것 같았고, 직접 기관총을 내려갈리는 비행기였기 때문이었다.

비행기가 지나간 후, 우리는 옷과 짐에 쌓인 흙을 털고 일어나, 두
리번거리며 주위를 살폈다. 누구도 다친 애가 없었다. 미숙이와 한
뼘도 되지 않는 곳에 총알 껍데기가 떨어져 있었고, 총알이 박힌 자

리가 보였다. 조금만 비켜 앉았더라면 그 총알이 나와 미숙이한테 맞았을지도 모른다고 생각하니 소름이 돋았다.

다른 애들도 마찬가지였다. 주위에는 총알 껍데기가 수두룩 했다. 총알은 흙속을 파고 들어갔는지 보이지 않았다. 우리는 총알 껍데기를 놀이 감으로 몇 개 쥐고 또 다시 걷기 시작했다. 나는 이때를 회상할 때마다 참으로 이상한 생각이 든다. 누군가 우리를 보호해 준 것이 아닐까 하면서 말이다. 하늘에 계신 하나님? 어머니가? 아니면 동화에 나오는 이야기처럼 그 누군가? 그렇지 않고 어떻게 그 한 뼘을 사이에 두고 그렇게……. 아무튼 총알이 사람을 피해 간다는 말은 이런 경우를 두고 하는 것 같았다.

얼마나 걸었는지 모른다. 해는 이미 산 너머로 기울고, 사방은 어두워지기 시작했다. 더 갈 수는 없었다. 우리 앞에는 갈대숲이 펼쳐 있었다. 갈대가 제일 빽빽하게 자란 곳을 골라잡아, 가운데 있는 갈대를 눕혔다. 그 위로 여기저기서 수수와 마른 풀을 주워 깔았다. 사방의 갈대를 한데모아 서로 묶어, 텐트(천막) 모양을 만들었다. 사방으로 바람이 통하고, 하늘의 별도 환하게 보이는 텐트였다.

우리 다섯은 한 이불속에 드러누웠다. 하루 종일 걸어 피곤은 즉시 우리를 꿈나라로 몰아넣었다. 아침에 깨어나 보니, 한 남자애가 설사를 해서 이불 한쪽이 다 젖었고, 명태에도 똥이 묻었다. 지난 저녁은 마른 명태만 뜯어 먹고 잤더니, 배가 고파, 짐을 메고 갈 힘도 없었다. 결국 우리는 이불이고 명태고 다 버렸다. 빈 몸으로 터

벅터벅 걷기 시작했다. 비로소 어제 잔 곳이 습지였다는 것을 알았
다. 여기저기 물이 고여 있었다. 밤중에 비라도 왔더라면 완전히 물
에 빠진 생쥐 꼴이 되었을 것이었다.

　얼마 안가서 강이 나타났다. 강물은 깊지 않으나, 폭은 꽤 넓었
다. 다리는 없었고 넙적한 돌들이 한 줄로 놓여 있었다. 모두 그 돌
을 밟고 강을 건넜다. 남자애들은 앞서서 먼저 강을 건너가 나와 미
숙이를 기다리고 있었다. 돌과 돌 사이가 좁은 곳은 미숙이도 건너
기 쉬웠지만, 좀 넓은 곳은 내가 뒤쪽의 돌을 밟고, 미숙이를 힘껏
끌어 당겨야 했다. 강을 건너니, 강 옆의 길은 좀 넓었다. 왼쪽은 산
쪽으로 들어가는 길이었고, 오른쪽은 강을 따라 내려가는 길이었
다. 길 건너 좀 떨어진 곳에 서너 채의 집들이 나란히 서있었다. 굴
뚝에서 연기가 나는 것을 보니 점심을 하는 것 같다.

　남자애들은 배가 고프다며, 저 집에 가서 밥 좀 얻어먹자고 졸랐
다. 미숙이도 배가 고프다고 울상을 하고 있었다. 우리는 연기 나
는 집을 향해 걸었다. 그 집 마당 앞까지 갔을 때 나는 걸음을 멈췄
었다. 가슴이 두근거리고 뭐라고 말해야 하는지, 또 안 주면 어떻게
해야 하나, 고민만 하며 머리를 숙인 채 움직이지 못하고 있었다. 그
러자 지난밤에 설사를 했던 남자애는 참지 못하겠는지, 집 문으로
터벅터벅 걸어들어 갔다. 마침, 구정물을 버리러 나왔던 젊은 여인
이 그 애와 말을 하더니 이내 그 아이는 우리를 향해 오라고 손짓
을 했다. 우리 넷은 집 곁으로 다가갔다. 그러자 집으로 들어갔던
아주머니가 큰 바가지에 하얀 주먹밥을 담아 가지고 나왔다. 그리

고 우리에게 하나씩 나누어 주고, 남아있는 좀 작게 빚어진 주먹밥을 미숙이이에게 하나 더 주었다. 우리는 고맙다고 인사를 하고 먹기 시작했다. 나도 한입 먹었다. 그런데 내가 쥔 주먹밥은 소금이 뭉쳐있었는지, 너무도 짜서 먹을 수가 없었다. 나는 주먹밥을 쥔 채, 미숙이가 먹는 모습을 우두커니 보고 있었다. 주먹밥 두개를 다 먹고 난 미숙이는 내가 먹지 않고 쥐고 있는 주먹밥을 보고 있었다.

"더 먹겠니?"

"응."

"짜지 않아?"

"아-니."

아마 내가 먹은 것만 소금이 뭉쳐 있었던 모양이었다. 얼마나 배가 고팠으면 주먹밥 세 개를 다 먹었을까. 나는 눈물이 핑 돌며 앞장서 밥을 얻으러 가지 못한 것을 후회했다. 남이 얻어온 주먹밥을 먹는 것도 부끄럽기만 했다. 밥을 얻어먹지 못할 땐, 도둑질을 해서라도 먹고 살아야 한다고 마음속으로 다짐했다. 그러면서 남자애들과 같이 온 것이 참으로 다행이라고 생각했다. 처음에는 부담스럽게 여겼지만, 그 애가 아니었더라면 주먹밥도 얻어먹지 못했을 것이었다. 다시 한 번 주먹밥을 해준 아주머니에게 고맙다고 인사하고 떠났다.

"빨리 가자."

나는 미숙이의 손을 쥐고, 다른 애들을 재촉했다. 어디로 가야 할지 모르지만, 그곳에 그대로 머물러 있을 수는 없었던 것이다. 우리가 산길 쪽으로 향해 걸어가고 있을 때, 우리한테 주먹밥을 주던 아주머니가 달려와 말했다.

"이쪽은 산속이야, 마을도 없고 짐승들이 나다니는 곳이야."

아주머니는 강 하류를 가리키며 다시 말했다.

"여기로 좀 더 내려가면 큰 마을이 있어, 거기로 가봐."

"고맙습니다."

우리는 다시 한 번 감사의 인사를 하고 아주머니가 가르쳐준 길로 내려갔다. 바로 어제 우리가 걸어온 그 길로 다시 강을 건너 되돌아가는 것이었다.

얼마나 걸었을까? 목이 마르면 강물을 마시고, 길옆에 자란 강태 같은 풀 열매도 뜯어 먹었다. 가을이어서 떨어진 감도 주을 수 있었다. 십리는 걸은 것 같았다. 우리의 발걸음은 점점 늦춰졌고, 쉬는 것도 잦아졌다. 미숙이는 걷지 못하겠다고, 업어 달라고 졸랐다. 할 수 없이 업었으나 멀리 갈수가 없었다. 이내 나는 미숙이를 내려놓고 같이 걸어가자고 달랬다. 그렇게 업다 걷다 하기를 반복하다가 결국 미숙이는 못 걷겠다고 길옆에 앉아버렸다. 아무리 손을 끌어도 일어나지 않고 울고 있었다.

"내버려두고 가자."

다른 애들은 그런 우리 자매를 기다리기 싫은 듯 말했다. 나도 미숙이를 혼내야겠다는 생각에 동조했다.

"그러자."

내가 먼저 앞장 서 걸었다. 미숙이는 모르는 척하고 앉아있었다.

우리는 뒤도 돌아보지 않고 빨리 걸었다. 30여 미터는 떨어진 것 같았다. 드디어 뒤에서 미숙이가 "언니야, 언니야!"하고 발을 동동 구르며 울고 있었다. 지금까지 미숙이는 나를 언니라고 부른 적이 없었다. 우리는 서로 이름을 불렀다. 다른 애들도 모두 뒤돌아 봤다. 나는 얼른 뒤로 돌아 달음질 하듯 달려가 미숙이의 손을 잡았다.

"나도 걸어갈게. 혼자 가지마."

"알았어, 알았어."

나는 울면서 미숙이를 업었다. 어디서 힘이 났는지 한참을 업고 걸었다.

해는 산봉우리에 얼굴 절반을 감추고 있었다. 그때 멀리 아래 쪽 강 옆에서 연기가 솟고 있었다. 우리가 가까이 다가가자 그쪽에서 먼저 우리에게 오라고 손짓을 하는 것이었다. 다가가니 그들은 우리 양육원의 원생들이었다. 그들은 열세 살 전후의 아이들로 가지고 온 쌀로 밥을 하고 있었다. 그 중에 제일 큰 여자애가 말했다.

"이래선 안 되겠어. 모두 돌아가자, 절에 가서 빌어먹더라도 그곳으로 돌아가야 해. 도둑질을 해 먹더라도 잘 곳이 있어야해."

우리는 그저 피식피식 웃기만 했다. 지금 생각해보니 그 어린 것들이 무슨 말을 하겠으며, 또 무슨 생각이 있었겠는가? 결국 그들이 지은 밥을 나누어 먹고 양육원으로 돌아왔다.

이틀 동안의 떠돌이 생활은 60여 년이 지난 지금도 또렷하게 머릿속에 남아 있다. 쌕쌔기의 기관총 소사, 갈대밭, 넓은 강, 자애하

고 예쁜 젊은 아주머니와 눈보다 빛난 하얀 주먹밥, 발을 동동 구르

며 울던 미숙이, 어쩌면 이렇게 생생할까. 마치 어제 금방 일어났던

일처럼…….

4

충청리 양육원으로 다시 돌아오다

양육원으로 돌아온 우리는 예전 같은 생활을 할 수가 없었다. 먹을 것이 없어 콩을 삶아 먹을 때도 있었지만 하루 세끼를 굶지 않았고 잘 자리가 있었다.

그러던 어느 날 오빠가 우리 앞에 나타났다. 헤어진 지 2년이나 되었지만 한눈에 금방 알아보았다. 오빠는 우리 양육원이 해체되었다는 소식을 듣고 온 것이었다. 후에 오빠한테서 들은 것이지만, 나와 미숙이가 충청리 양육원에 들어간 것은 1949년 5월이었고, 오빠는 그해 6월에 산제리 애육원에 들어갔다. 중국으로부터 원산 봉수리의 큰 외삼촌 집에서 지낸 몇 달 동안의 생활을 회상할 때, 오빠는 눈물이 글썽해, 슬프고 고독했던 이야기를 들려줬다.

그때 오빠는 11살 인민학교 3학년이었다. 학교갔다 돌아오면 어머니의 병 시중을 해야 했고, 다른 애들과 놀지도 못했다. 큰 외삼촌은 직장에 다니고, 막내 외삼촌은 중학교에 다니고 있었다. 어머니의 간호는 오빠에게 맡겨질 수 밖에 없었다.

하루는 학교에서 소풍을 가게되었다. 다른 애들은 부모와 같이 맛있는 점심을 차려와서 웃음꽃을 피우며 단란히 둘러앉아 먹고 있었다. 오빠는 멀리 떨어진 숲 속에 들어가, 자기가 싸가지고 온 주먹밥을 먹고, 울면서 먼저 집으로 돌아왔다. 점심 후에 있는 보물 찾기에도 참가하지 않았다. 그때의 처량함과 슬픔은 몇십 년이 지난 후에도 잊을 수 없었다.

애육원에서 한해를 지나 오빠는 12살, 인민학교 4학년이였다.

산제리 애육원도 원장과 선생들이 후퇴하고, 남쪽에서 온 목사가 원장으로 있다고 했다. 원생들은 모두 기독교를 믿어야 하기에 식사 전에는 꼭 기도를 드린다고 했다.

오빠는 우리를 산제리 애육원으로 데리고 갔다. 여자애들이 자고 있는 2층에 우리가 있게 했다. 오빠는 설탕가루를 포대채로 가져와 큰 밥그릇에 물을 부어놓고, 녹지 않을 때까지 설탕가루를 퍼 넣었다. 나와 미숙이는 싫증나도록 설탕 물을 마셨다. 지금도 설탕가루를 볼 때마다 가끔 그 큰 그릇에 담긴 설탕 물이 머리에 떠오르곤 한다.

산제리 애육원은 지하실까지 합해 삼층 건물이 두 채로 되어있었는데 일본강점기에 독일인이 세운 병원이었다. 이후로 애육원의 숙사로 사용하다가 전쟁 후 미군의 사령부도 들어와 함께 사용하고 있었다. 산언덕에 앉은 건물이어서 동해바다가 환하게 내다보였다. 창가에서 바다를 내다보면 가끔 바다 위에 뜬 군함에서 불이 번쩍하고, 조금 지나면 어디선가 '쿵'하고 폭탄이 터지는 소리가 들렸다. 때로는 멀리 떨어져 여음이 은은하게 들려오고, 때로는 아주 가까운 곳에서 폭발해서 우리가 있는 집이 '드릉, 드릉'하고 울리기까지 했다. 관리자가 없는 애육원은 무방비 상태로 원생들은 학교에도 가지 않은 채 부랑아가 되어가고 있었다.

당시 미군은 학교를 병영으로 쓰고 있었다. 마당에는 약품, 통조림, 기타 식품들을 가득 채운 트럭들이 세워져 있었다. 때로는 보초가 지키고 있었으나, 오빠 또래의 아이들은 보초병의 눈을 피해 약품과 식품을 훔쳐와 먹기도 하고 더러는 시장에 팔기도 했다. 오빠는 원래 온순한 성격이어서 도둑질을 한다는 것은 상상도 할 수 없었지만 그렇게 휩쓸려 다녔다.

또한 미군이 애육원생을 관리하지는 않지만 미군과 함께 생활하는 울타리가 있어 아이들은 구속 없는 자유를 만끽하는 것이었다. 오빠와 또래의 원생들은 밤이면 미군의 트럭에서 물건을 훔치고 낮에는 미군의 비위를 맞추면서 그들의 심부름도 했다. 시장에 가서 과일이나 밤 같은 것을 사다주는 심부름이었다. 그때 트럭의 물건을 잘 봐 뒀다가 밤이면 습격했다. 미군들에게 거스름돈을 속이지 않고 제대로 돌려주면 그들은 통조림이나 껌 같은 것도 주었다. 오빠는 그때 입술을 빨갛게 칠하고 요란한 옷을 차려입은 젊은 여인들이 미군 병영에 드나드는 것을 보았다고 했다.

그때 오빠는 시내에서 북조선에서 청산 당하고 남쪽에 쫓겨났던 사람들이 다시 돌아와 복수하는 장면도 목격했다고 했다. 서로를 향한 잔인한 살인이 자행되고 있는 것이었다. 오빠도 중국에서 청산 당했던 것을 떠올리면서 복수를 하고 싶은 충동이 일었지만 차마 하지 못했다고 했다. 그들의 참혹한 복수의 행위를 목격했을 때

오히려 복수당하는 사람들이 가엽게 느껴지고 어린마음에도 이래
서는 안 되지 하는 생각을 하게 되었단다.

　오빠의 부랑생활이 한창이던 1950년 11월, 갑자기 삐라가 나돌기
시작했다. 그 내용은 중국에서 50만의 원숭이 부대를 거느리고 습
격해 왔는데, 미군이 원자탄을 떨구어 그중에 30만이 죽었다는 것
이었다. 그러나 남은 중국군이 원산까지 오게 되면 미군이 원자탄
을 투하한다는 것이었다. 그러니 살고 싶으면 모두 같이 남쪽으로
가야한다는 것이었다. 그때 북조선에서 많은 사람들이 남쪽으로 피
난했다. 이것이 이른바 '원자탄'폭풍이었다. 원산 항구는 배를 타려
는 난민들로 메워지고, 미군의 병영기지도 하나씩 줄기 시작했다.
오빠가 있던 산제리 애육원은 높은 곳이어서, 피난민들의 움직임이
한눈에 다 보였다. 원산역에서 갈마역을 지나 철원으로 가는 사람
들의 행렬은 밤낮없이 끊이지 않았다.
　미군이 철수하고 인민군이 원산을 완전히 장악하는 열흘간의 기
간은 무정부상태의 절정이었다. 오빠 또래의 원생들에게도 절호의
기회였다. 당시 그들에게는 '죽음'이란 개념이 전혀 없었다. 그들은
몇 명씩 짝을 지어 시내를 털고 있었다. 당시 절반이상의 주택은 비
어있었다. 누구 눈치도 볼 필요 없으니 그런 빈집에 들어가 닥치는
대로 가지고 나왔다. 미군이 북조선을 점령한 시간은 두 달 정도였
으니 원생들의 성격은 거칠어지고 대담해져서 더 이상 무서움이란
것을 몰랐다. 어디서 배웠는지 소매치기들의 노래까지 흥얼거렸다.

하도 많이 듣고 나니 지금까지 생생하게 기억이 난다.

오빠는 훔쳐온 돈으로 녹두 지지미 같은 먹을 것을 사서 나와 미숙이한테 나누어 주었다. 애육원에서 주는 세 끼의 양은 절대 부족했다. 멀건 배춧국에 밀가루 반죽을 두텁게 뜯어 넣은 수제비가 전부였다. 나와 미숙이는 오빠가 가져다주는 간식을 먹어 배고픔을 겪지 않았다. 어떤 애들은 배가 고파서 들에서 열매나 풀을 뜯어 먹고, 배탈이 나서 이질에 걸리기도 했다. 물론 의무실에는 의사와 간호사도 없었으니, 치료는 물론 약도 먹지 못하고 죽어가는 애도 있었다. 하지만 나는 오빠 덕에 미군들이 먹는 사탕이나 초코렛, 껌 같은 것도 먹으며 배곯지 않고 지냈다.

중국 지원군이 참전하면서 미국군이 원산에서 철수하고 말았다. 그러자 후퇴했던 원장과 선생들이 돌아왔다. 그들은 나와 미숙이를 당장 원래 있던 충청리 양육원에 보내라고 오빠에게 명령을 했다. 처음에는 사정을 했지만 그들은 심하게 오빠를 다그쳐 오빠는 할 수 없이 우리를 데리고 충청리 양육원에 갔다. 하지만 충청리 양육원에서는 갔던 사람은 안 받는다며 우리를 받아들이지 않았다. 오빠는 어쩔 수 없이 우리를 데리고 산제리에 갔으나, 점심때가 되었는데도 우리를 들어오지도 못하게 했다. 오빠는 눈물을 머금고 우리를 데리고 시장에 나가 녹두 지지미를 사먹고 돌아왔다.

오빠는 관리 책임 선생에게 충청리 양육원이 해산됐던 사정을 이야기하고, 제발 우리 세 남매를 함께 있게 해달라고 애원했다. 그러나 후퇴 시에는 날 살려라 하며 재빨리 도망갔다가 어디서 무얼 먹고 살았는지 피둥피둥 살찐 얼굴을 붉히며, 안 된다고 못을 박았다. 전쟁이 일어나면서 고아가 많아지고 우리는 처음부터 고아원출신으로 고아원에서 수속만 해주면 되는 것을 무슨 이유로 그토록 냉혹하게 거절을 하는지 알 수가 없었다.

그 돼지보다 못한 인간은 추워서 부들부들 떨고 있는 우리를 끝내 받아주지 않았다. 그는 따뜻한 방 안에 들어앉아 질근질근 무언가를 씹으면서 우리에게 눈길조차 주지 않았다. 아홉 살이 채 되지 않은 나였지만 이후로 나는 두고두고 그를 저주했다.

그리고 동시에 우리에게 주먹밥을 주던 아주머니를 생각했다. 죽을 것 같은 고통 중에 갑자기 나타나 천사처럼 우리에게 금방 지은 밥을 먼저 주신 분, 한편으로는 고아들을 보호하는 것을 직업으로 먹고살면서 그 권력으로 다시 고아를 학대하는 저 남자…… 어린 마음에도 전쟁 중에 쏟아지는 그 많은 폭탄은 도대체 어디로 떨어진단 말인가. 저런 개보다 못한 인간에게 왜 안 쏟아지는지 하늘이 원망스러웠다. 만일 그때 그가 우리 세 남매를 받아주었더라면 우리 삼남매는 결코 헤어지지 않았을 것이다.

결국 오빠는 우리를 데리고 다시 충청리 양육원에 갔다. 오빠는 나와 미숙이를 집안으로 들여보내고, 나무 뒤에 숨어, 우리가 쫓겨 나오지 않는가를 보고 있었다. 우리가 다시 갔을 때 산제리로 쫓던 보모와 선생도 있었다. 나는 다시 쫓겨날까 두려운 마음에 머리를 조아리고 서있었다. 그런데 다행히 밖에 나갔다 돌아온 차 선생님이 그 자리에 있었다. 미숙이를 누구보다 사랑했던, 제일 사랑해 주던 차 선생님을 보자 미숙이가 달려가 품에 안겨 울었다. 나도 따라 소리를 죽이며 훌쩍거렸다. 평소에도 바른 말 잘하기로 이름난 차 선생님은 우리가 쫓겨 나갔다는 사실을 듣고 말했다.

"어쩌면 그렇게도 인정머리가 없어요. 애들한테 무슨 일이라도 생기면 어떡하려고?"

우리를 쫓아냈던 선생과 보모들은 아무 말도 못하고 고개를 숙였다. 차 선생님은 우리를 따뜻한 아랫목에 앉히고, 두꺼운 옷으로 갈아 입혀 주었다. 우리가 다시 쫓겨 나오지 않는 것을 확인한 오빠는 산제리로 돌아갔다.

5

충청리 양육원을 떠나려던 날 밤에

　미군이 철퇴하면서 원산 시내에 엄청난 양의 삐라가 뿌려졌다. 미군이 원자탄을 투하한다는 내용이었다. 원자탄이 떨어지면 북조선은 개미 한 마리도 남지 못하고 다 죽어 버린다는 것이었다. 시민들은 공포에 질려 어쩔 줄을 모르고 있었다. 결국 두 패로 나뉘어 떠나는 수밖에 없었다. 더 북쪽으로 피난하려는 사람과 남쪽으로 떠나려는 사람이었다. 미군의 포격과 폭격은 또 다시 원산시를 불바다로 만들었다. 원산 석유 공장도 폭격에 폭발하며 붉은 불길과 검은 연기가 하늘 높이 치솟아 올랐다.

　누구의 결정인지는 알 수 없으나 충천리 양육원도 남쪽으로 피난하게 되었다. 선생님의 지시에 따라 우리는 솜이불을 전부 뜯어 솜을 뺐다. 그 솜은 동쪽에 있는 방에 쌓아놓았다. 그 방에 부처님이 없었기 때문이었다. 홑이불만 보따리에 싸가지고 떠나기로 했다. 하루 종일 준비를 해도 끝나지 않아 밤까지 계속 되었다. 하지만 다음 날에는 꼭 출발을 해야 했다.

　솜을 쌓아둔 방은 천장에서부터 문 앞까지 솜으로 가득 찼다. 그렇게 일을 마치고 나오는데 나보다 나이가 많은 금옥이가 신발을 찾지 못해 부산을 떨더니 결국 종이에 불을 붙여가지고 왔다. 공습 때문에 불도 못 켜는 시기였다. 불붙은 종이가 다 타 없어질 때까지 금옥이는 신발을 찾지 못하더니 종이가 다 타면서 들고 있던 손끝까지 뜨거워지자 그만 들고 있던 종이를 놓쳐 버렸다. 불씨는 그대로 문턱에 떨어져 땅바닥에 흩어진 솜에 달라붙었다. 순식간에 불은 천장까지 올라갔다. 천장은 종이로 되어 있어 금방 불이 옮겨 붙었다.

나와 그 옆에 있던 아이들은 그 갑작스러운 화제에 놀라, 멍하니 서 있다가 이내 소리치기 시작했다.

"불이야, 불이야! 불!"

여기저기서 선생과 보모들이 달려왔고, 양동이와 대야로 물을 날라 왔다. 그러나 이미 지붕까지 붙으며 타오르는 불에는 물도 미치지 못하는 상황이었다. 나는 그 어린 나이에 바로 눈앞에서 솜이 일으키는 화재도 보았다. 지금도 눈을 감으면 그 빠른 속도로 위로 올라가는 불길이 훤하게 보이는 것 같다. 지붕위에는 기왓장이 놓여있었으나, 내부는 전부 목조였고, 부채질 하는 듯한 가을바람에 집 전체가 순식간에 불길 속으로 사라져버렸다.

여승은 바로 옆방인 부처를 모신 집으로 불길이 번지기 전에 부처를 꺼내었다. 결국 성난 불길은 그 기세를 드러내며 만연하는 연기와 함께 거침없이 그 방마저 삼켜 버리는데도 여승이 다시 들어가려고 하자 사람들이 막아섰다. 여승은 땅을 치며 울었다.

그 밤이 새도록 타오르던 불길이 새벽녘에 겨우 잠잠해졌다. 기둥과 용마루 같은 굵은 나무들이 물에 젖어 검은 숯으로 변해 어기설기 누워있었고, 기왓장도 불에 타서 허옇게 보였다. 서둘러 아침을 먹고 난 우리는 솜을 뺀 홑이불과 옷가지를 담은 간단한 짐을 들고 선생님을 따라 나섰다. 포플러 나무가 길게 늘어선 내리막길을 내려갈 때, 원산 시내의 불타는 공장들과 폐허가 된 주택들이 선명하게 보였다.

우리는 무작정 선생님만 따라 걸었다. 버스 정거장에 이르니 원산항구와 기차 정거장에서부터 수많은 사람들이 돌아오고 있었다. 짐을 어깨에 진 사내들, 머리에 보따리를 이고 아이를 업은 여인들, 보따리를 옆구리에 낀 청년들, 리어카에 짐을 실은 노인들, 참으로 다양한 행색의 행렬이었다.

한 젊은 여인이 박 선생을 아는 체 했다.

"박 선생님도 남쪽으로 가세요?"

"우리 양육원이 모두 떠나게 되었으니, 할 수 없지요 뭐."

"안 돼요, 우리 어른들도 안 되는데, 이렇게 많은 애들을 데리고 갈수 없어요. 차를 탈 수가 없어요. 그만 돌아가세요. 나도 포기하고 돌아가는 길이에요."

그 여인의 염려 섞인 강한 반대에 부딪힌 선생님은 말없이 우리를 바라보더니 다시 돌아가자고 했다. 결국 우리는 박 선생을 따라 양육원으로 돌아왔다.

양육원의 생활은 말이 아니었다. 보리쌀과 콩을 삶아 먹는 날이 많아졌다. 어느 날은 쌀과 부식품을 사러 갔던 젊은 직원이 폭격에

맞아 실려 들어왔다. 하지만 병원으로 가는 도중에 숨을 거두었다
는 것이었다. 병원도 폭격에 무너지고, 부상당한 사람이 너무 많아,
병원에 가도 치료받기가 힘들었다.

　폭격이 심해지면서 고아는 점점 늘었다. 석유 공장이 폭격 맞았
을 때, 불 속에서 구조되었다는 다섯 살 이하의 고아가 여덟 명이
나 들어왔다. 밤낮없이 우는 애들을 달래고, 죽을 먹이는 것도 우
리 또래 아이들이 해야 할 일이었다. 폭탄은 양육원의 화원에도 떨
어졌다. 꽃나무가 뿌리째 뽑히고, 커다란 웅덩이만 흉하게 남겼다.
양육원도 더 이상 안전한 곳은 아니었다. 전쟁의 폭격은 그렇게 확
대되고 있었다.

　겨울이 다가올 즈음 양육원생 전원이 깊은 산속에 있는 절로 피
난하게 되었다. 그 절은 충청리 양육원 동서쪽 집에서 부처님을 공
양하던 여승들이 모여 있는 곳이었다. 보모와 선생들, 그리고 다섯
살 이하의 어린애들을 제외하고는 40여 명이 넘는 원생들이 모두
큰 방에서 빽빽이 누워 잤다. 원산 대폭격 후에 들어온 애들 중에
전염이 되는 '옴(일종의 피부병)'에 걸린 아이들도 있었는데 방이 없
어 그들을 격리하지도 못하고 한 방에서 잤다. 얼마 안 가 절반의
애들이 '옴'에 걸렸다. 할 수없이 방의 중간에 백묵으로 금을 긋고,
옴에 걸리지 않은 애들은 따뜻한 아랫목에서 자게 했고, 옴에 걸린
애들은 차가운 윗목에서 자게 했다. 옴에 걸리지 않은 미숙이는 아
랫목에서 자고, 나는 옴에 걸려 윗목에서 자게 되었다.

58

드디어 눈이 오기 시작하더니 며칠 동안 내린 눈이 산속을 은백의 세계로 만들어 놓았다. 창이 훤히 밝아 오는 이른 아침이었다. 문이 "삐-이-걱" 하고 열리더니 강아지 한마리가 뛰어 들어왔다. 아직 자고 있는 우리의 이불 위로 젖은 발로 이리저리 날뛰는데 잠에서 덜 깬 애들은 멍하니 그 모습을 바라보고만 있었다. 그런데 바로 그 강아지가 아랫목으로 달려갔다. 나는 후다닥 일어나 미숙이한테로 가고, 달려드는 강아지에 놀란 미숙이는 겁을 먹고 일어나 나를 향해 달려왔다. 하지만 강아지는 미숙이를 향해 쏜살같이 달려와 내가 미숙이 곁에 가기도 전에 미숙이의 왼쪽 손을 물고 말았다. 나는 미숙이의 손목을 꼭 쥐고 선생님이 있는 방으로 달려갔다. 거기에는 약을 넣은 상자가 있었기에 선생님은 미숙이의 손을 꼭 쥐고 피를 빼고, 약을 발라줬다. 다행히 상처는 깊지 않았다.

모두들 그 강아지가 미쳤다고 난리를 떨었다. 덩치 큰 사내애들이 강아지를 잡아 죽이고, 털을 베어 불붙여 그 연기를 미숙이의 상처에 그슬렸다. 그렇게 하지 않으면 광견병에 걸린다는 것이었다. 다행히 얼마 안 가 미숙이의 상처는 아물었다. 그러나 물린 자국이 남아있었다.

그 개는 절에 있는 여승이 기르고 있었는데 그 소식을 듣고 미친 것이 아니라고 설명을 했다. 며칠 동안 계속 내리는 눈 때문에 먹을 것을 제때 주지 못했기 때문이라고 했다. 나는 지금도 여승의 말이 거짓이 아니라고 믿고 있으며, 또 거짓말이 아니기를 빌고 있다.

절은 아주 깊은 산속에 있었다. 첩첩 산중에 오로지 세 채의 절만 있을 뿐이었다. 더구나 전쟁 중에 그 많은 고아를 하루 세끼를 먹인다는 것은 불가능한 일이었다. 그저 그때 굶어 죽지 않은 것이 기적일 뿐이다.

뒤늦게 들어온 어린 애들의 울음소리는 그치지 않았다. 내 또래의 여자애들은 낮 동안 그렇게 울어대는 애들을 돌보고 밤에는 보모들이 돌보았다. 우리가 돌보던 아이들 중에 '울레'와 '영감'이라고 불리던 두 살 박이 아이가 지금도 나의 기억에 남아있다. 울레는 밤낮없이 울었고, 죽도 잘 먹지 않았다. 영감은 눈물도 없이 "에-, 에-" 하면서 마치 영감처럼 울어, 우리를 웃게 하고는 했다. 하지만 어느 날부터 그 아이는 기억에서 사라졌다. 영양실조로 죽었는지 아니면 또 다른 고아원으로 이동했는지 알 수가 없었다.

1951년 그해 겨울은 참으로 눈도 많이 내렸다. 산속이라 문을 열면 두터운 눈이 쌓여있는 구불구불한 산마루 밖에 보이는 것이 없었다. 그렇게 춥기만 했던 어느 날, 절의 최고의 여승이 세상을 떴다고 했다. 그녀는 오로지 부처님 앞에서 염불만 하고 있었는데 병이 들자 고아들이 절에 들어와 부처님의 심기를 어지럽히게 해서 벌을 받는다고 했단다. 그러면서 우리를 내쫓으라고 아래의 여승들을 닦달했다고 했다. 그녀는 죽음이 임박했을 때 손발이 차가워져 여승들이 쉴 새 없이 더운 물에 발을 담가주고 문질러 주는 것을 보았다.

전쟁과는 관계없이 봄은 소리 없이 다시 찾아왔다. 절 주위의 산에는 진달래가 활짝 피었다. 우리는 진달래꽃을 꺾으려 산에 올라 다녔다. 나는 미숙이의 손을 꼭 쥐고 높지 않은 산기슭에서 진달래를 꺾으며 놀았다. 꽃송이가 뭉쳐있는 곳을 찾아 다녀, 많이 꺾어 가지고 돌아왔다. 진달래꽃도 먹을 수 있다고 하기에 꽃잎을 뜯어 씹어 보기도 했다. 텁텁한 맛이 나지만 싱싱한 물기가 시원했다. 떡가루에 섞어 진달래 떡을 만든다고도 들었지만 먹어본 적은 없다.

우리는 산에서 꺾어온 진달래를 선생님에게 갖다드렸다. 선생님은 꽃병에 꽃을 넣으면서 너무 깊은 산속에 들어가지 말라고 했다. 깊은 산속에는 문둥이가 진달래꽃을 가득 꺾어 놓고 기다리고 있다가 어린이들이 가까이 다가가면 갑자기 달려 나와 붙들어서, 더 깊은 산속에 끌고 들어가 간을 빼 먹는다는 것이었다. 그 이후로 다시는 미숙이와 산에 올라가지 않았다.

충청리 양육원으로부터 폭격도 잠잠해졌으니 내려오라는 전갈이 왔다. 우리는 다시 충청리 양육원으로 내려왔다. 봄은 조용한 양육원의 화원에도 다시 돌아왔다. 벚꽃은 만발했고, 길옆의 샛노란 개나리는 눈이 부셨다. 울타리를 이루고 있는 아카시아는 큰 꽃송이를 주렁주렁 달고 은은한 향기를 뿜고 있었다.

아홉 살 그 해에 **나를 떠나는** 일곱 살 **미숙이**

한해가 또 지나서 나는 아홉 살이 되었고, 미숙이는 일곱 살이 되었다. 절에서 강아지한테 물린 다음부터 미숙이는 나와 한 발자국도 떨어지려 하지 않았다. 나도 마찬가지였다. 그러나 나는 다른 애들과 같이 놀고 싶었다. 고무줄뛰기를 할 때, 미숙이는 뛰지 못하고 보고만 있다가 재미없다고 고무줄을 잡아당기고 방해했다. 들판으로 나갈 때면, 애들은 언제나 나보고 같이 가자고 했다. 당연히 미숙이를 데리고 가지만 결국은 걷지 못하겠다고 업어달라고 떼를 쓰고는 했다.

그래서 어떤 때는 애들과 놀려고 미숙이를 속이면서 놀다 오기도 했다. 하지만 미숙이도 없이 자유롭게 실컷 놀다 돌아와서는 결국 선생님한테 꾸중을 들었다. 미숙이도 두 손으로 나를 때리며 울면서 트집을 부렸다. 그러면 나는 엄살을 떨며 미숙이를 달랬다.

"다시는 안 갈게, 울지 마, 이것 봐, 딸기 많이 뜯어 왔잖아."

이내 미숙이는 눈물을 닦고 딸기를 먹으며 웃기도 했다. 우리가 미숙이를 남겨놓고 나가면, 미숙이는 울면서 선생님한테 일러 바쳤다. 그러면 선생님은 미숙이를 데리고 놀러 가기도 하고, 얼러서 재우기도 했다. 나도 그것을 알고 있기에 마음 놓고 놀다 올수 있었다. 하지만 그때 미숙이를 더 잘 돌봐 주었더라면 미숙이가 할머니를 따라가지 않고 내 곁에 있었을지도 모른다고 생각하면 지금도 가슴이 아프다.

날이 더워지는 늦봄의 어느 날, 나는 미숙이를 데리고 화원의 바둑판 옆에서 떨어진 목련 꽃을 주우며 놀고 있었다. 한 남자애가 달려와 차 선생님이 찾는다고 했다. 나는 미숙이를 데리고 집 쪽으로 걸었다. 연못 중의 돌섬 위에 구부러진 소나무를 지나 연못가에 놓여있는 의자에 차 선생님과 낯선 두 여인이 앉아있었다. 우리가 걸어오는 것을 보고 차 선생님은 일어서 오라고 손짓을 했다. 나와 미숙이는 차 선생님 쪽으로 걸어갔다. 두 여인도 일어섰다. 전쟁 중에 처음 보는 화려한 차림이었다. 할머니는 하얀 한복을 입었고 젊은 여인은 녹색 저고리에 흰 치마를 입었다. 비록 한복 원단이 무엇인지는 모르지만 겉으로만 보아도 아주 좋은 비단으로 지었다는 것을 알 수 있었다. 그러면서 분명 부잣집 사람일거라는 생각을 했다.
이윽고 차 선생님이 내게 말을 했다.
"이 할머니와 아주머니는 어린애가 없어서 미숙이를 양녀로 데려가고 싶어 해, 넌 어떻게 생각하니?"
뜻밖의 일이였다. 전쟁이 일어난 후, 미숙이를 양녀로 데려가겠다는 사람은 하나도 없었다. 폭격과 피난, 식량 부족 등으로 자기 목숨도 건사하기 힘든 시기에 고아를 데려다 키우려는 사람은 없었다. 폭격이 조금 잠잠해질 때도 있었지만, 전쟁이 어느 쪽으로 어떻게 진행 되는지는 누구도 예측할 수 없는 시기였다. 새로 들어온 고아들 중에는 나무등지에 업혀있던 아기도 많았다. 피난 중에 젖먹이를 그대로 땅에 버리면 짐승이 해하거나 사람에게 밟힐지 몰라 나무를 마치 사람의 등처럼 이불로 감싸서 아기를 업혀 놓았다. 버리기는 했지만 젖먹이 자식이 살아서 구조되기를 바라는 부모의 마지막 배려인 셈이었다. 어쨌든 그렇게 버려졌거나 아니면 부모가 어린 자식을 두고 죽었을 것이다.

할머니는 자애로운 웃음을 지었고, 젊은 여인은 활짝 웃으면서 미숙이를 쳐다보고 있었다. 나는 아무 말 없이 미숙이를 내려다보았다. 미숙이도 동그란 눈을 크게 뜨고 나를 올려다보았다. 전쟁 전 같았으면 벌써 "싫어요"라고 했겠지만 그때 나는 미숙이가 어떻게 생각하는지 알고 싶었다. 예전 같았으면 내 뒤에 숨어 철없이 고개 짓을 하며 재롱을 부렸을 텐데, 그날은 내 눈치를 살피며 나의 대답을 기다리고 있는 것 같았다.

나는 미숙이가 그 집에 가게 되면 먹을 걱정도 없고, 또 인자한 할머니와 쾌활해 보이는 여인의 사랑을 받으며 생활할 수 있으리라고 생각했다. 고아원의 생활 보다는 훨씬 나을 것이라고 믿었다. 고아원이 해산되었던 때를 생각하니 고아원은 결코 믿을 곳이 아니었다. 나는 미숙이가 그 할머니를 따라가겠다고 나섰으면 하고 생각했다. 그러나 미숙이는 아무 말도 없고 태도도 표시하지 않았다. 그저 그 맑고 동그란 눈으로 나를 쳐다보며 나의 결단을 기대하는 듯이…….

　나도 가겠느냐고 묻지는 않았다. 지금 같으면 "너, 저 할머니네 집에 가고 싶니?"라고 물었을 것 같다. 또 우리에게는 오빠가 있으니 당연히 오빠한테 물어봐야 한다는 생각도 나지 않았다. 차 선생님도 우리 오빠가 산제리 애육원에 있는 것을 알고 있었으니, 물어봐야 한다고 생각했을 텐데 그저 아홉 살짜리인 내게 서둘러 대답하라고 재촉만 했다. 어쩌면 오빠한테 알리는 것을 두려워했는지도 모른다.

　서로를 바라보며 눈치만 보고 있는 우리를 보다 못한 차 선생님이 말했다.

　"할머니네 집은 원산 시내에서 떨어진 시교에 있어 폭격도 맞지 않았단다. 또 부잣집이어서 아주 편안히 살고 있어. 걱정 할 건 하나도 없어, 안심해."

　나는 여전히 말없이 고개를 숙인 채, 미숙이만 보고 있었다. 이어서 할머니가 말을 했다.

　"우리 집에 가도 너희 자매는 언제나 만날 수 있으니 걱정 말아라. 내가 형편만 되면 둘을 다 데려가야 하는데 그렇지 못하니……."

　나와 미숙이는 여전히 말없이 서로 쳐다보고만 있었다. 차 선생님은 내가 싫다고 하지 않는 것을 다행으로 생각했던지 두 손님과 낮은 목소리로 속삭였다. 그러다가 말없는 우리를 쳐다보더니 일어섰다.

"아마 데려가도 괜찮은 모양입니다."

그러면서 미숙이의 손을 쥐어 할머니한테 넘겨주었다. 할머니는 어떤 말도 하지 않는 나를 쳐다보고는 미숙이를 자기 쪽으로 끌어당겼다. 미숙이도 나를 한 번 쳐다보고 할머니의 손을 거절하지 않았다. 그때 나는 미숙이가 가고 싶어 한다는 것을 느꼈다. 그러나 가슴이 떨리고, 어떻게 했으면 좋을지 몰라 망설였다. 할머니를 따라가는 것이 미숙이에게도 좋을 것이라고 생각하면서도 허전하고 불안한 마음은 어쩔 수가 없었다. 나는 그저 옷자락을 손에 쥐고 만지작거리며 어쩔 줄 몰라 하며 서 있었다.

할머니는 미숙이의 왼쪽 손을 쥐고, 여인은 미숙이의 오른 손을 쥐고 걸어가기 시작했다. 몇 발자국 가다가 미숙이가 나를 돌아다보았다. 눈이 마주쳤을 때, 나는 미숙이가 "싫어, 난 안가, 언니하고 같이 있을래!" 하며 달려올 것을 기대하고 한 발자국 앞으로 나섰다. 하지만 미숙이는 빙그레 웃고는, 다시 앞을 향해 돌아서 두 여인의 손에 매달려 걸어갔다. 순간 나는 미숙이가 싫은데 끌려가는 것처럼 보였다. 하지만 나는 그저 멍하니 멀어지는 뒷모습만 바라보고 있었다. 그들의 모습이 개나리꽃 만발한 길 끝에서 사라지려는 순간 "싫어요, 싫어요……"라고 소리치며 울기 시작했다. 그동안 참고 참았던 것들이 봇물 터지듯 흘러나오기 시작했다. 옆에 서있던 차 선생님은 남자애들에게 호들갑스럽게 지시를 했다.

"빨리 가서 찾아와, 멀리 가기 전에!"

그때 나는 미친 듯이 펑펑 울고 있었기에 선생님과 애들 사이에

오고 가는 눈짓을 보지 못했다. 나는 차 선생님의 손을 잡고 의자
에 앉아 그 애들이 미숙이를 다시 데려오는 것을 기다리고 있었다.
나는 그때 선생님의 말을 진짜로 믿었던 것이다. 잠시 후에 그 애들
이 헐떡이며 돌아왔다.

"어디로 갔는지 안보여요. 아주 멀리까지 가 봤는데 없습니다."

나는 다시 울음을 터뜨렸다.

이윽고 선생님은 곁에 앉아 나를 달랬다.

"미숙이를 보고 싶을 때는 언제든지 그 집을 찾아갈 수 있도록
해줄 테니 날 믿어. 잘사는 집에서 잘 길러 주는데 걱정 할 거 하나
도 없어, 양육원에 비하겠어? 얼마나 좋다고."

차 선생님은 나를 데리고 화원을 걸으면서 미숙이가 그 집에서
잘 자라서 장래에 어떻게 될 것이라는 이야기를 들려주었으나 지금
내 기억에는 전혀 없다. 그때는 미래라는 것을 상상조차 할 수 없어
서 그 말뜻을 이해하지 못했는지도 모른다. 아니면 오로지 미숙이
만을 생각해서 그 말이 전혀 귀에 들어오지 않았든가…….

이렇게 헤어져 62년이 지났건만, 미숙이와 헤어지던 그 날이 마치
어제처럼 생생하게 머릿속에 남아 있다. 앵두 같은 입가에 미소를
지으며, 맑고 동그란 눈으로 나를 올려다보던 그 모습이…….

미숙이가 양육원을 떠난 지 얼마 지나지 않아 충청리 양육원에
있던 고아들 일부가 장덕 애육원으로 보내졌다. 차 선생님은 충청
리에 남게 되었다. 새로 들어온 어린 고아들이 많았기 때문이었다.
차 선생님은 장덕 애육원으로 떠나는 나를 불러 언제든지 미숙이

와 만날 수 있도록 해 주겠다고 약속했다.

차 선생님은 모든 것은 자기가 계획한 것이라고 말을 했다. 젊은 여인은 차 선생님의 중학교 동창이었고, 결혼 후 아이가 없어 전쟁 전에도 몇 번 왔다 갔다는 것이었다. 전쟁이 일어난 후, 일시 단념하기도 했지만 전쟁의 피해를 크게 입지 않아 그들이 다시 찾아왔다는 것이었다. 미숙이를 데려가기 전에 차 선생님은 미숙이를 데리고 동창의 집에 놀러간 적이 있었고, 어떤 때는 동창과 같이 미숙이를 데리고 놀러 다닌 적도 있다고 했다. 나는 그날 미숙이가 아무 말도 없이 낯선 사람들과 손을 쥐고 따라가는 것을 좀 이상하게 생각했을 뿐, 이렇게 미리 계획된 일인지 전혀 몰랐다. 어쩌면 내가 미숙이를 떼어놓고, 다른 애들과 휩쓸려 놀러 다닌 것이 차 선생님에게 좋은 기회를 준 것 같기도 했다. 결국 모두 다 나의 잘못이었다.

하지만 미숙이가 그 집에 가고 싶어 했다는 것도 어쩔 수 없는 일이었다. 그저 그 집에서 행복하게 자라기를 바랄뿐, 다른 것은 없었다. 더욱이 차 선생님을 원망하지도 않았다. 그것도 미숙이를 위한 것으로 생각했다. 전쟁만 아니었더라면, 또 전쟁이 거기에서 끝났더라면, 차 선생님의 말대로 나는 미숙이와 만날 수도 있었고, 이처럼 헤어진 채 62년이 지나지도 않았을 것이다. 오로지 저주해야 할 것은 전쟁이었다. 조선 반도를 갈라놓은 전쟁이 원수일 뿐이다.

7

장덕 애육원에서 산제리 애육원으로

우리가 장덕 애육원으로 옮겨갔을 때는 가을이었다. 9월부터 내 또래의 아이들은 모두 인민학교(초등학교) 일학년으로 들어갔다. 애육원의 건물이 학교와 한참 떨어진 곳에 있어서 우리는 민가에서 하숙을 했다. 우리는 하숙집의 마을 애들과 같이 다녔다. 우리는 삼천리 연필 한 자루와 공책 한 권을 배급받았다. 교과서는 없었고, 선생님이 흑판에 글을 써 놓으면 그것을 공책에 옮겼다. 국어는 공책의 왼쪽으로부터 쓰고, 산수는 오른 쪽으로부터 썼다. 책가방은 없기도 했지만 필요도 없었다. 연필을 공책 중간에 끼워 놓고 둘둘 말아 손에 쥐면 그만이었으니까.

학교는 오전 중에 끝났다. 오후는 우리 마음대로 놀았다. 장덕은 구릉 지대였고, 감나무가 언덕 전부를 덮고 있었다. 우리가 갔을 때는 감은 모두 거두고, 떨어진 감과 나무에 덜 익은 감만 남아있었다. 하지만 떨어진 감이나 달린 감이나 모두 떫어서 먹을 수가 없었다. 하숙집 주인 애들도 우리와 같이 학교에 다니기에 친해져서 감은 따서 그대로 못 먹는 거라고 알려줬다. 그리고 좁쌀 독에 묻어 놨던 감을 꺼내서 같이 먹었다. 달고 맛있었다. 우리는 떨어진 감을

주워 쌀독에 가득 채워 놓았다. 하지만 그렇게 넣어둔 감을 먹어보
지도 못하고 우리는 그곳을 떠났다.

장덕 애육원으로 다시 들어왔다. 고아들 중에서 루마니아로 가는
애들을 뽑는다는 것이었다. 조선 전쟁에 관한 보도가 유럽 각지에
널리 퍼졌고, 사회주의 체제였던 루마니아, 헝가리, 체코 등의 나라
에서는 조선 전쟁고아를 100여 명씩 받아들여 기르게 되었던 것이
다. 장덕 애육원 원생 전원이 신체검사를 받았다. 몸에 부스럼 자리
가 있어도 안 된다는 것이었다. 그러나 외부 검사뿐이었다.

많은 고아들 중에서 여섯 명이 선출되었다. 나도 그중에 하나로
뽑혔다. 우리는 원산시에서 제일 큰 산제리 애육원에 이송되었다.
바로 오빠가 있는 애육원이었다. 그리고 오빠를 만났다. 오빠는 나
를 만나자마자 대뜸 "미숙이는?"하고 물었다. 나는 머리를 숙인 채
"남 줬어"라고 하자 오빠는 한참동안 말없이 서있더니, "잘했다."하
고는 눈물을 훔쳤다. 나는 오빠에게 울면서 미숙이와 헤어지던 이
야기를 상세히 설명하고 충청리 양육원의 차 선생님을 찾아가면 미
숙이와 만날 수도 있다고 알려주었다. 하지만 오빠는 "좋은 집에 갔
으면 여기 있는 것보다 나을지도 몰라, 그 집에서 잘 자랄 거야."하
고는 머리를 숙인 채 숙사 쪽으로 묵묵히 걸어갔다.

하지만 우리가 루마니아로 가는 것이 취소되었다. 대신에 오빠 또
래의 12~13살 연령의 아이들이 가게 되었다. 우리 또래는 나이가
너무 어려 노동력이 있는 18살까지 키우려면 8,9년은 걸리기 때문이
었다. 또한 외국에서 생활하는 시간이 너무 길면 자기 나라를 잊어

버린다는 것이었다.

5,6년 후, 당시 유럽에 유학을 갔던 여자애들은 머리에 파마를 하고 알록달록한 원피스를 입고는 허기진 배를 잡고 밤낮없이 일을 하고 있는 북조선 사람들 앞에 나타났다고 들었다. 당시 북조선에서는 시집가기 전 애들은 파마를 하지 않았다. 그러니 사람들은 그런 여자들을 아니꼽게 여겼고, 그들도 선진 유럽에서 편안하게 살던 생활에서 조국인 조선의 궁핍한 생활에 적응을 하지 못해 고통스러워했다. 물론 그들의 잘못은 아니었다. 당시 사람들로부터 질투 섞인 질시로 그들을 고립시키고 말았던 것이다. 나는 그때 내가 유럽으로 유학 가지 못한 것을 다행이라고 생각한다. 만일 그때 갔더라면 그들과 같은 처지였을 것이고, 아버지 슬하에 돌아오지 못했을지도 모른다.

10월에 들어서 전쟁은 또다시 격렬해졌다. 중국 지원군의 물자 보충을 차단하기 위해, 미군의 폭격이 더욱 빈번해졌다. 원산은 또 다시 폭격과 포격의 목표물이 되었다. 낮에는 비행기가 우릉거리며 폭탄을 떨궜고, 바다에서는 군함이 밤낮없이 포탄을 던졌다. 식량 부족이 심각했을 때, 러시아에서 5만 톤의 밀가루가 도착했다. 하루 세 끼가 밀가루 수제비였다. 지금도 어떤 때는 멀건 물에 둥둥 뜨는 두꺼운 수제비가 눈에 보이는 것 같다. 두꺼운 수제비는 잘 익지도 않아, 생 밀가루 냄새가 날 때도 있었다. 배고프니 할 수 없이 먹지만 그 마저도 배불리 먹지 못했다. 내 또래의 아이들 중에는 배

고플 때 다른 방법이 없으니, 들에 나가 열매도 주워 먹고, 이름 모를 풀도 뜯어 먹어 배탈이 나면 약도 먹지 못하고 이질로 죽어가는 경우도 많았다. 유럽으로 유학 간다고 뽑힌 아이들 중에 열 명 이상이 죽었다고 했다.

오빠 또래의 남자애들은 들락거리며 시내에 나가 도둑질과 털기를 해왔다. 나는 오빠가 갖다 주는 음식을 가끔 먹을 수 있었다. 산제리 애육원의 삼층 건물은 일제 때부터 적십자가 그려져 있었다. 원래 독일 병원이었으나 고아원이 된 후에도 적십자는 그대로 남아 있었다. 하지만 폭격 시에는 적십자도 소용이 없었고 병원도 폭격을 면하지는 못했다. 결국 삼층 건물은 폭격에 절반이 무너졌다.

8

북쪽으로 떠나는 기나긴 행군의 시작

　원생들은 북쪽으로 피난을 가게 되었다. 모든 전쟁고아들을 북쪽으로 이동 시키라는 지시가 내렸다. 산제리 애육원의 원생은 20~30명씩 조로 나뉘었다. 나는 다행히 오빠와 한 조가 되었다. 내가 속한 조의 인원은 23명이었는데 마차 한 대도 없었다. 분대장을 비롯한 전원이 모두 빈 몸으로, 배낭도 보따리도 없었다. 분대장은 상급에서 파견한 책임자였고, 선생과 보모가 포함되었다.

　오빠는 시내의 빈집에서 가져온 구두를 들고 떠났다. 아침을 먹은 후, 곧 출발했다. 목적지가 어딘지, 얼마나 걸어야 하는지 분대장은 알려주지 않았다. 어쩌면 분대장도 몰랐는지도 모른다. 그저 행군하는 방향이 북쪽이란 것만은 알고 있는 것 같았다. 우리는 공습을 피하기 위해 흩어져 걸었다. 모여서 걸으면 비행기의 목표가 되기 때문이었다. 보모는 내 또래 아이들 9명과 같이 걸었다. 오빠는 같은 또래와 함께 앞에서 걸었다.

　점심 무렵 비행기가 머리 위에 나타났다. 높이 뜨지 않은 전투기였다. 우리는 길가에 내려앉은 쪽에 몸을 숨기고 납작 엎드렸다. 폭탄이 어디에 떨어졌는지는 모르지만 아주 가까운 곳에서 '쾅-'하는 폭발 소리와 함께 흙이고 자갈이고 분별없이 온 몸 위로 우수수 떨어졌다. 나는 꼼짝 않고 그대로 엎드려 있었다. 조용해지자 나는 머리를 들어 주위를 살펴보았다. 모두 흙투성이가 되어 슬금슬금 일어나고 있었다. 다행히 부상당한 사람 없이 모두 무사했다. 폭격에 불타고 있는 건물이 여기저기 보였다. 어떤 집은 불 끄는 사람들이 보였으나 어떤 집은 불 끄는 사람조차 보이지 않았다.

그날 점심은 먹지 못했다. 20여 명이 넘는 사람이 밥을 먹을 만한 마을이 없었던 것이다. 저녁 무렵 그런대로 큰 마을에 도착했다. 분대장이 마을의 책임자와 대화를 나눈 뒤 마을의 책임자는 우리를 받아주고 따뜻하게 대해 주었다. 우리는 마을의 책임자가 지정해준 세집에서 나누어 자며 하룻밤을 머물기로 했다. 내 또래 아이들 9명이 한 집으로 들었다. 점심도 먹지 못한 우리는 배춧국와 짠지에 조밥을 목이 메도록 허겁지겁 먹어댔다.

이튿날 분대장은 쌀과 좁쌀을 섞어 넣은 주머니를 나누어주었다. 큰 애들은 큰 것을, 우리는 작은 것을 가졌다. 저녁에 도착할 곳은 쌀이 적게 나는 곳으로 분명 식량이 부족할 것이라고 했다. 아침에 떠날 때 주먹밥까지 손에 들려주었다. 그날도 오전중 비행기의 폭격으로 숲속에 숨기도 하고, 도랑에 빠지기도 했다. 어떤 애들은 가지고 온 쌀 주머니가 숲속의 나뭇가지에 찢겨 쌀이 빠져 나가기도 하고, 도랑물에 젖기도 했다.

그렇게 하며 도착한 곳은 산골은 아니었지만, 폭격에 집들이 불타 무너지고, 남아있는 노인, 부녀와 애들이 겨우 목숨을 이어가는 정도였다. 우리를 맞이하는 마을의 책임자는 처음에는 아주 난처한 표정이었으나, 우리에게 쌀이 있다는 사실을 알고 재빨리 우리를 몇몇 집에 나누어 안배했다. 우리 아홉 명이 들어간 집은 너무 가난해서 아이들은 누더기 같은 옷도 변변히 입지 못한 처지였다. 우리는 가지고 있던 쌀을 주머니 채로 다 내놓았다. 그날 저녁은 우리와 그 집 사내애 셋이 밥을 지어 함께 먹었다. 그중 제일 큰 애가 내 또래였는데 쌀밥을 먹어 본 기억조차 없다며 허겁지겁 먹었다.

이틀 동안의 강행군으로 원생들의 발은 온통 짓물렀다. 보모는 더운 물에 발을 씻고, 머리칼을 뽑아 바늘에 꿰여 수포를 터뜨리라고 했다. 그러면서 머리카락은 뽑지 말고 물집을 통과시킨 그대로 두라고 했다. 이튿날 아침 일어나보니, 거짓말처럼 물집에서 물이 빠지고 가죽이 되어 살에 딱 붙어 있었다.

공습은 더 심해져갔다. 하루는 쌕쌔기에서 쏘아대는 기관총알에 여자애가 부상당했다. 총알이 오른쪽 종아리를 뚫고 나갔다. 뼈는 상하지 않았지만 피를 많이 흘렸고, 걷지를 못했다. 상처를 처리할 때 선생님은 우리를 먼저 걸으라하고 보지 못하게 했다. 처음에는 상처 입은 그 아이를 보모와 선생이 번갈아 업고 걸었으나, 얼마 가지를 못했다. 결국 분대장은 일찍이 기숙할 마을을 찾기로 했다. 부상자를 안배하기 위해서였다. 분대장과 두 명의 남자애가 선발대로 먼저 떠났다. 그들은 멀지 않은 곳에 큰 마을이 있다는 전갈을 보내왔다. 우리는 그곳으로 갔다. 그 마을에는 기와집이 무척 많아서 우리 어린 또래도 기와집에 들어갔다. 작은 마을일 때는 분대장과 선생, 보모와 큰애들이 좋은 집에 들었고 우리는 언제나 가난한 초가집에 들어갔다. 물론 나오는 밥도 달랐다. 그들에게는 기름에 볶은 채소와 명태 국이 나올 때도 있었다. 우리는 대개 시래기나 배추 국과 짠지였다. 그러나 어린마음에 그것에 불평을 가진 적은 없었지만 지금 생각하니 그것도 북쪽의 계급제도였고 그저 마음이 씁쓸할 뿐이다.

다음 날, 우리가 마을을 떠날 때, 부상당한 여자애는 떠나지 못했다. 눈물을 글썽이며 떠나는 우리를 바라보던 그 애의 모습을 지금도 잊을 수가 없다. 그 애는 마을의 세포 위원장이 책임지고 상처가 나은 다음 북으로 이송시킨다고 했다. 그때 처음으로 세포 위원장이라는 말을 보모한테서 들었고, 노동당 책임자라는 것을 알았다. 다시 그 애와 만난 적은 없다. 그 후 치열했던 전쟁 속에서 어떻게 되었는지?

공습이 심해지는 것을 보고 전쟁도 치열해지는 것을 알았다. 너무 잦은 비행기 출몰로 대낮에는 행군조차 하지 못했다. 하지만 상급에서 행군을 서두르라는 지시가 내려왔다는 것이었다. 결국 우리는 낮에 잠자고 밤에 걷게 되었다. 세 명씩 짝을 지어 서로에게서 떨어지지 않도록 손에 손을 맞잡고 걸었다. 초저녁에는 서로 말도 하면서 걸었지만 밤이 깊어지면 졸음이 와서 걸을 수가 없었다. 새카만 어둠속에 빛이라고는 별과 달빛뿐이었다. 설사 길 옆에 집이 있다 해도 공습 때문에 모두 검은 천으로 불빛이 새어나가지 못하도록 가리고 있었다. 돌에 걸려 넘어지기도 하고 바로 눈앞에 있는 구덩이도 보이지 않아 그대로 빠지기도 했다.

셋이 어깨를 끼고 걷다보면 때론 중간에 있는 애가 잠들어서 양쪽에서 그 아이를 부축하며 가기도 했다. 그러다가 셋이 다 같이 자버려 그대로 꼬꾸라지기도 했다. 뒤를 따라오는 보모와 두 명의 큰 애들이 길가에 꼬꾸라져 자는 애들을 깨워 다시 걷게 했다. 앞에는 선발대가 있고 뒤에는 후발대가 관리하며 그렇게 걸었다.

우리가 걷고 있는 길은 철도를 따라가는 것이었다. 빨리 가려면 어쩔 수 없는 선택이지만 당연히 공격의 목표가 되는 곳이기도 했다. 그렇게 무리하게 밤길을 강행하다 보니 며칠도 가지 못해 어른들도 견디지 못했다. 분대장은 선생, 보모와 토론을 하더니 평탄한 철도 길을 포기하고, 산 쪽 길을 선택했다. 속도는 늦지만 안전하고 낮에만 걸을 수 있기 때문이었다. 산길은 그다지 험하지 않았다. 높은 산은 없었고, 밋밋한 산과 산 사이의 길이었다. 어느새 분대장과 선생들도, 고아들도 서로에게 친숙해져서 장난도 치고 농담도 하는 사이가 되었다. 오빠 또래의 남자애들이 분대장과 같이 걸으면서 기와집이 많고 잘살 것 같은 마을을 보면, 아직도 해가 높이 있는데도 머무르자고 조르곤 했다. 그러면 분대장도 못 이기는 척하면서 동의를 했다.

그렇게 해서 들어간 마을은 정말 풍족했다. 전쟁 중인데도 흰 쌀밥에 북어 국을 먹었고 반찬도 여러 가지가 나왔다. 그러다보니 시간에 쫓겨 생각 없이 가난한 마을에 들어가 서로 난처하게 하지 말고, 지혜롭게 풍족한 마을을 찾아 들어가는 것이 옳은 선택이라는 것도 알게 되었다. 그렇게 전략을 수정하면서 걷는 것이 힘이 들기는 했지만 우리는 더 이상 배 고픈 적이 없었다. 가는 곳마다 융숭한 대우를 받았다. 물론 아주 가난한 마을에서는 어쩔 수 없었지만…….

분대장은 증명서를 가지고 있어서 가는 곳마다 그 증명서만 보여주면 우리에게 밥을 먹여주고 잠자리를 내주었다. 분대장은 쌀 같은 짐을 들지 않기로 했다. 점심 주먹밥도 싸지 않고, 때가 되면 무조건 마을에 들어가 먹기로 했다. 날씨가 추워지고 모두 다 점점 지쳐가서 마을로 들어가는 것이 잦아졌다. 발은 점점 마비 상태가 되어 속도가 늦춰졌다. 나는 날마다 대오에서 떨어지게 되었다. 평발인 나는 남보다 더 걷기가 힘들었고 물집도 다른 애들보다 더 많이 생겼다. 날씨가 추워지자 걷기가 더 힘들어졌다.

어느 날은 기와집이 많은 마을로 들어왔다. 한동안 기와집을 본 적이 없었다. 그날은 잔뜩 찌푸린 날씨로 금방이라도 눈이 쏟아질 것 같았다. 그래서 서둘러 마을에 들어가 쉬게 되었다. 지칠 대로 지친 아이들은 그곳에서 며칠만 더 쉬고 가자고 분대장에 게 졸랐다. 분대장은 절대로 안 된다고 했다. 그는 행군의 경험이 있는 사람으로 그곳에서 이틀을 쉬면 아이들은 더 이상 걷지 못한다는 것을 알고 있었다. 이틀 쉬면 열흘을 쉬지 않고는 떠나지 못한다는 것이었다. 그 말에 아이들은 말도 안 된다고 믿지 않고 아우성을 쳤지만 그 후 단천에 도착했을 때, 나는 그것이 옳았다는 것을 알았다.

다음날 하늘은 눈이 금방이라도 내릴 듯 잔뜩 찌푸리고 있었다. 얼마 전부터 나는 오빠와 같이 걸었다. 내가 너무 자주 대오에서 떨어지게 되니, 결국 보모가 오빠에게 나를 맡겨 버린 것이었다.

그날 우리가 행군을 시작해 얼마 가지 않아 눈이 오기 시작했다. 눈은 땅에 떨어져 녹기도 하고 쌓이기도 하면서 땅이 질퍽대기 시작했다. 그렇지 않아도 힘든 행군을 한층 더 힘들게 했다. 나는 오빠의 팔에 매달려 따라갔다. 때론 내가 걷지를 못하면 오빠는 나를 업고 걸었다. 하지만 조금 가다 힘에 겨워 나를 내려놓았다. 추운 날씨에 업혀 있다가 내려오니 다리가 뻣뻣해져서 발을 옮기기조차 힘겨웠다. 나는 다리가 아프다고 울고, 오빠는 짜증을 내며 나를 억지로 끌고 걸었다.

날씨는 점점 더 사나워졌다. 눈도 비도 아닌 진눈깨비가 퍼 붓고 있었다. 신발도 옷도 물에 빠진 쥐처럼 흠뻑 젖었는데 날은 추워 살을 도려내는 듯했다. 나와 오빠는 결국 길옆에 난 굴 밑으로 몸을 피했다. 그러나 눈비는 좀처럼 멈추지를 않았다.

"아무래도 여기 있다간 얼어 죽겠다. 빨리 가자."

오빠가 나의 손을 잡고 끌었다. 하지만 나는 걸으려 했지만 발이 움직이지를 않았다. 오빠는 내가 꾀를 부린다고 화를 내며 욕을 하면서 나를 밀쳐 버렸다.

"난 모르겠다. 나 혼자서 간다. 너는 네 맘대로 여기 있어!"

그리고 홀연히 앞서 가는 오빠를 바라보며 겁을 먹고 울면서 발을 동동 굴렀다.

"오빠야, 오빠야······."

못 들은 척하고 몇 발자국 걸어가던 오빠는 다시 되돌아 왔다. 순간 충청리에서 미숙이를 뒤에 두고 가던 그때가 머리에 떠올랐다. 나는 오빠의 손을 쥐고 걸으면서 계속 울었다. 눈물과 진눈깨비로 범벅이 된 얼굴로 눈물은 하염없이 흘러내렸다. 오빠도 울고 있었다. 나는 빨개진 오빠의 눈을 슬그머니 쳐다봤다. 그도 진눈깨비에 섞인 눈물을 한쪽 손으로 훔치면서, 나의 손을 꼭 쥐고 묵묵히 걸었다.

나는 오빠의 발에 맞춰 거의 뛰다시피 했다. 하지만 시간이 갈수록 발바닥에 열기가 생겨 훈훈해지면서 걷기가 수월해졌다. 나는 그때 미숙이가 양녀로 간 것이 다행이라고 생각했다. 만일 이때 나와 미숙이가 함께 있었더라면 어떡했을까? 오빠가 우리 둘을 어떻게 끌고 갔을까? 어쩌면 이름도 모르는 마을에 우리를 두고 가지나 않았을까? 정말 그때처럼 미숙이를 남에게 준 것을 다행으로 생각한 적이 없다. 하지만 평생 동안 미숙이를 버렸다는 자책과 그리움, 미숙이의 안부를 염려하는 슬프고 애잔한 감정은 사라지지 않고 있다.

우리는 대오와 멀리 떨어져 점심시간에도 합류하지 못했다. 추운데 배까지 고프니 설상가상이었다. 다행히 눈은 멎었지만 땅은 진눈깨비가 녹아 철벅거렸다. 오빠는 길옆에서 좀 떨어진 곳에 가게가 있는 것을 발견했다. 오빠는 나의 손을 끌고 가게 앞으로 갔다. 메고 있던 구두를 가게 주인 앞에 놓고 흥정을 했다. 나는 오빠가 그 구두를 신은 것을 한 번도 본 적이 없다. 중국에서 오빠가 학교 다닐 때, 똑같은 구두를 신었던 것은 기억하고 있지만.

구두는 새것이었고, 소가죽으로 만든 것으로, 아주 좋게 보였다. 누가 물으면 삼촌이 준거라고 했다. 사실은 일시 후퇴로 원산이 비였을 때, 남의 집에서 도둑질해 온 거나 다름이 없었다. 처음에는 새것이 아까워서 신지 않았고, 후에는 작아서 신지 못했다. 고달픈 행군 중에도 버리지 않고, 구두끈을 매서 앞뒤에 걸고 걸었다. 흥정 하던 끝에 오빠가 값이 싸다고 안 팔겠다고 돌아섰을 때, 주인이 말 했다.

"알았어. 알겠다고. 줄게. 그 값에 줄 테니 두고 가."

그때 나는 가게 안쪽에서 한 여인과 함께 나무를 나르는 남자애를 봤다. 오빠보다 몇 살 어린 것 같았다. 아마도 그를 위한 신발일 것이었다.

오빠는 돈을 받아 얼마간의 돈을 다시 내고 과자와 알사탕을 샀다. 과자와 사탕을 먹으니 힘이 났다. 날이 어두워지기 전에 대오를 따라 가야한다는 조바심으로 발걸음을 재촉했다.

우리 남매가 유숙하는 마을에 도착했을 때는 모두 저녁을 먹고, 잠자리에 들 준비를 하고 있을 때였다. 나와 오빠는 남겨놓은 밥을 먹고, 나는 내 또래 아이들과 섞여 잠자리에 들어갔다.

분대장은 오빠를 불러 나를 이 마을에 남겨 두자고 했다. 나 때문에 부대 전부의 행군이 늦어진다는 것이었다. 물론 오빠는 동의 하지 않았다.

“그건 절대 안 됩니다. 내가 끌고 따라갈 테니 걱정 마십시오. 작은 여동생은 벌써 남 주고, 하나밖에 없는 동생입니다. 만일 안 된다면 저도 남겠습니다.”

오빠가 그렇게 말하자 분대장이 다시 말했다.

“그건 안 돼, 남자애들은 반드시 데리고 가야한다는 상급의 지시야.”

그러면서 분대장도 오빠에게 더 이상은 강요하지 못하고 손짓으로 오빠를 가서 자라고 했단다.

이튿날 오빠는 그 일을 나에게 알려주었다. 나는 더 이상 발이 아프다는 소리는 입 밖에 내지 못하고 오빠를 따라 걸었다. 다행히 나처럼 걷지 못하고 처지는 애들이 점점 많아졌다. 그래서 오빠는 큰 애들과 같이 앞에서 걸었고, 나는 뒤떨어진 애들과 같이 보모를 따라 걸었다.

얼마 걸었는지 자세히는 모르나, 한 달 즈음 걸은 것 같았다. 철도와 멀리 떨어진 산길을 걷기에 공습도 거의 없었고, 우리도 적응이 되어, 행군은 평온하게 진행되었다. 어느 날, 대낮에 산길을 걷고 있었다. 길이 좁아 한 줄로 걸었다. 산기슭을 지나 산길로 들어서는데 선발대의 한 아이가 보모가 데리고 있는 우리에게로 달려왔다. 앞에 위험한 지역이 있으니 떨어지지 말고 붙어서 행군하라는 것이었다. 그리고는 보모에게 목소리를 낮추어 속삭였다. 이어서 선발대원은 우리 뒤를 보호하며 따라 걸었다. 산길이 돌아서는 길목으로 들어서니 오빠가 서서 우리를 기다리고 있었다. 나는 오빠의 손을 감아쥐고 걸었다.

완만한 고개를 넘어, 두 번째 고개의 골짜기에 도달하니 조그마한 도랑물이 흐르고 있었다. 그런데 바로 그 옆에는 인민군 군복을 입은 청년의 얼굴과 가슴이 보였다. 오른쪽 다리가 왼쪽 다리위에 가로 놓여있었다. 왼손 곁에는 손수건에 싼 전구가 놓여있었다. 도랑 곁에는 붉은 피가 홍건했다. 이마에는 칼자국이 있었는데 거기로부터 피가 흘러내린 것 같았다. 눈은 감고 있었다. 길이 좁아 모두 그 곁을 지나가야했다. 또 오로지 그 길밖에 없기에 우리뿐만이 아니고 다른 사람들도 그 오솔길을 지나야만 했다. 오빠는 내게 힘차게 말했다.

"겁내지 말고 똑똑히 봐. 그렇지 않으면 잘 때 악몽으로 나타난대."

나는 오빠의 손을 꼭 쥐고 다시 한 번 똑똑히 보고 달음질 쳤다. 모두들 남쪽의 특수부대원이 인민군 연락병을 살해한 것 같다고 수군거렸다. 또 앞쪽 골에서 몇 명이 쓰러져 있는 걸 봤다고도 했다. 물론 각자 자기 갈 길이 바빠, 인민군의 시체를 처리하려는 사람은 없었다. 평시와 달라 시체를 너무도 많이 보는 전쟁판이었다.

9

드디어 **함주 고아원**에

우리는 드디어 함주 고아원에 도착했다. 가을에 원산을 출발했지만 도착하니 그동안 계절이 바뀌어 겨울이 된 것이었다. 족히 두 달을 걸어 온 것이었다. 도착한 날은 눈이 내리면서 아주 추웠다. 선발대는 먼저 도착했고 우리는 뒤이어 늦게 도착했지만 저녁밥은 준비되어 있었다. 식당의 문을 열고 들어가니, 밖에서 들어온 찬바람과 안의 온기가 섞이며 온 방안이 뿌옇게 되어 아무것도 보이지 않았다. 한참 지나니 수증기가 사라져 식탁에 앉았다. 처음 먹는 수수밥이었다.

먹을 때는 허겁지겁 맛있게 먹었는데, 얼마 안 가 배가 아프고 토하기까지 했다. 수수밥을 지어 본 적이 없는 찬모가 쌀과 수수를 같이 삶았던 것이다. 쌀은 익었지만 수수는 익지 않았는데 밥이 타기 시작하니, 불을 죽였다고 한다. 수수는 먼저 삶아야 하는 것을 몰랐던 것이다. 다른 애들은 별일 없었는데, 나만 배탈이 났다. 의사가 선 밥을 먹어서 배탈이 났다고 했다. 그게 진짜 원인인지는 모르지만, 찬모는 이튿날부터 내 밥은 가급적 쌀이 많은 쪽으로 퍼 주었다. 이후로 수수는 많지 않아 먹지 않았고 좁쌀과 쌀을 섞어서 먹었다.

　함주 고아원은 전쟁이 일어난 후 임시로 생긴 곳이었다. 그래서 초가집이 여러 채 있는 곳으로 허름했다. 주로 남쪽에서 피난해 들어오는 고아들을 수용했다. 원생들은 허름한 초가집에 나누어 유숙했고, 식당은 가운데 있는 집이었다. 원생들은 마을에 있는 소학교(초등학교)에 다니기로 되어있었다. 하지만 원생들을 학교에 잘 가지 않았다. 학교의 선생님은 원생들에게 학교에 오라고 채근을 했지만 겨울이 오자 모두 춥다는 핑계를 대고 나가지 않았다.

　나도 그때까지 여름 치마를 입고 있었다. 계절이 바뀌어도 옷을 바꾸어 주지 않았다. 여름옷을 입고 벌벌 떠는 나에게 바지 하나도 주지 않은 보모들을 참으로 인정머리가 없다고 생각도 했었다. 그들은 두꺼운 옷을 입고 있었기 때문이었다. 하기는 전쟁 통에 9살 난 아이의 바지를 구할 수 없었는지도 모를 일이었다.

　고아원에서는 양말도, 신도 공급해 주지 못했다. 그 대신 짚을 주면서 짚신을 만들어 신으라고 했고, 솜을 주고 실을 뽑아 양말을 떠서 신으라고 했다. 행군 때 신었던 고무신은 닳아서 구멍이 났으니 짚신을 만들어 신을 수밖에 없었다. 오빠는 마을의 사람들로부터 짚신 만드는 방법을 배워 내 발에 딱 맞는 짚신을 만들어 주었다.

　나도 솜으로 실 뽑는 방법을 배워 실을 뽑았다. 마을 사람들은 물레를 돌려 실을 뽑고 있었지만, 물레가 없는 우리는 '촉대'라고 부르는 실 뽑는 도구를 만들었다. 깨어진 기왓장 조각을 동그랗게 만들고, 가운데에 구멍을 낸 다음, 그 구멍에 딱 맞는 나뭇가지를 세

운다. 세워진 나뭇가지의 위에 칼집을 내어 걸기를 만든다. 그리고 실을 감아 걸기에 걸어놓고, 오른손으로 실을 높이 들고, 왼손으로 나무 가지를 비틀어 돌리면 기와 조각이 관성으로 돌아간다. 오른 손에 솜을 쥐고 조금씩 넣고 당기면 실이 나온다. 그 실을 기왓장 가까운 쪽에 감아놓고, 또다시 실을 뽑으면 된다.

나는 오빠가 만들어준 촉대로 실을 뽑았다. 학교에 갔다 와서는 쉴 새 없이 뽑았다. 다른 애들도 내가 학교에 갈 때 옷이 얇아 추워 하는 것을 보고 같이 실을 뽑아 주었다. 솜은 보모한테서 받아 오 면 되었다. 오빠는 세 겹의 실로 내게 양말을 떠 주었다. 어디서 배 웠는지 발목까지 올라오는 양말을 제법 잘 떠주었다. 나는 오빠가 짜준 짚신과 양말을 신고 학교에 다녔다.

나는 지금도 나 자신조차 믿기 어려울 만큼 고집스럽게 학교에 다녔다. 추운 겨울에 학교에 가는 건 나뿐이었다. 그것도 여름에 입 던 얇은 적삼과 치마를 입고 학교에 가면 선생님은 언제나 나를 난 로 옆에 앉혀주었다. 글 배우는 재미에 다녔는지도 모르지만, 지금 같았으면 절대 가지 못했을 것 같다.

원산 장덕에서처럼 나는 삼천리 연필과 공책 하나를 쥐고 다녔 다. 교과서는 없고, 선생님이 흑판에 쓴 글을 옮겨 썼다. 교실이라고 는 햇빛이 실낱처럼 간신히 들어오는 방공호 같은 곳이었다. 책상 과 걸상은 통나무를 절반으로 잘라 평평한 곳이 위로 향하게 땅바 닥에 고정시킨 것이었다. 스무 명 정도가 앉을 수 있는 교실이었지 만 항상 절반도 차지 않았다. 고아원의 보모들은 원생들에게 학교에 가라고 강요하지도 않았다.

　전쟁이 계속되면서 전쟁고아도 점점 늘었다. 유럽과 러시아 등지의 사회주의 국가에서는 고아들을 위문하는 위문단을 보내왔고, 선물도 보내왔다. 수많은 고아원에 분배하려니 120명이 모여 있는 고아원에 고작 20~30개 정도만 배급될 뿐이었다. 우리가 선물을 받은 때는 설 명절이 가까운 때였다. 아마도 유럽의 어린이들이 성탄절의 선물로 보낸 것 같다. 우리는 선물을 담은 골판지 상자를 들고 사진도 찍었다. 상자 안에는 포장된 과자, 사탕, 손수건이 들어 있었다. 하지만 사진을 찍은 다음에 선물상자는 걷어갔다. 설날에 나누어 준다면서…….

　드디어 설날이 왔다. 고아원에서도 흰 쌀밥에 고기 국이 차려졌다. 그런 아침을 먹고 나서 모두 유럽에서 온 선물을 학수고대하며 기다리고 있었다. 그러면서 모여 앉아 옛날 자기 집에서 설에 떡을 치고 송편을 빚고, 설기 떡을 찌던 이야기를 했다. 또 콩고물이 맛있다니, 팥고물이 맛있다니 하면서 자기 집 것을 자랑 하기도 했다. 그렇게 하루 종일을 기다렸지만 저녁때가 되었는데도 유럽에서 온 선물소식은 없었다. 모두 실망한 채 잠자리를 정리하고 있었다.

　우리 방에서 제일 나이가 많은 길순이가 갑자기 이불을 둘둘 말아 방구석에 놓고는 "우리엄마가 죽었을 때, 저렇게 누워있었어……."하면서 소리쳐 울기 시작했다. 길순이네 네 식구는 함흥시교에서 살고 있었다. 아버지는 왼손이 끊어져 군대에도 못 갔다. 길순이네 집이 폭격 맞던 그날, 아버지는 임시 담가대(군인으로 전쟁에 나가는 대신 부역을 하는 부대원)에 나가고, 길순이는 친구 집에 놀러가고 어머니와 여섯 살 되는 남동생만 집에 있었다. 길순이가 소식을 듣고 달려 왔을 때, 어머니는 흰 이불에 감긴 채 옆집 윗방에 놓여 있었다. 폭격으로 집이 그대로 주저앉아 어머니의 시체는 겨우 찾아냈으나, 동생은 시체조차 찾지 못했다. 집을 나간 아버지의 소식도 없어, 동네 사람들은 이튿날 어머니의 시체를 매장하고, 고아원으로 보내졌다고 한다.

길순이는 그때 어머니를 보겠다고 소리치고 울었지만, 마을 사람들은 끝내 보여주지 않았다. 후에 안 것은 어머니의 얼굴이 알아보지 못하게 상했고, 팔다리도 완전하지 못했다는 것이었다. 길순이에게 남아있는 어머니의 마지막 모습은 둘둘 말린 허연 이불이었다.

그날 저녁 설에 대한 자랑을 제일 많이 한 것도 길순이였다. 설이 다가올 무렵부터 길순이 어머니는 마을에서 제일 바빴다고 한다. 길순이 엄마는 음식솜씨가 좋아서 집집이 불려 다녔단다. 길순이네는 엄마가 그처럼 돌아가면서 남의 집 설 준비를 해주고 받아 온 것만으로도 넉넉해 따로 설 준비를 할 필요도 없었다고 한다. 하기는 그 나이까지 가족과 설을 해 먹었다는 것도 행운이라면 행운이었다.

다른 애들은 그 모습을 멍하니 보고 있다가 따라 울기 시작했다. 가족들이 폭격에 죽은 것을 떠올리며 울었을 것이다. 갑자기 온 방안이 울음바다가 되었다. 나도 엄마가 설에 엿을 다려 다식을 만들던 때가 생각나 울기 시작했다. 그 방에서는 내가 제일 어렸고, 다른 애들은 모두 12~13살이었다. 바로 그 때 나는 눈병을 앓고 있었다. 울지 않아도 눈이 빨간데 울고 나니 눈이 아파 뜨지도 못했다.

우리 방에서 나오는 울음소리를 듣고 보모들이 달려왔다.

"이게 무슨 짓이야, 그만둬, 그만둬……."

보모들은 이불 위에 엎어져서 울고 있던 길순이를 일으키며 물었다.

"갑자기 울기는 왜 우는 거야?"

하지만 길순이는 보모의 허리를 부여잡고 "엄마, 엄마……." 하며 더 큰 소리로 울었다. 다른 보모들과 원장까지 왔다. 모두 밖으로 끌어내면서 울음을 그치지 않으면 방안에 들어가지 못하게 하겠다고 엄포를 놓았다. 추운 밤, 차가운 날씨에 정신이 들었는지 모두 울음을 그치고 방안으로 들어갔다. 이튿날 보모들은 한명씩 불러서 지난 밤 사건에 대해 캐물었다. 나는 울지 않았고 그저 눈이 아파서 누워있었다고 했다.

아무튼 선물이 발단이었다는 것을 누군가로부터 들은 모양이었다. 이튿날 오후 과자 두 개와 사탕 두 알을 받았다. 그래봐야 보내온 선물의 절반도 나누어 주지 않는 것 같다고 했다. 나머지는 원장과 선생, 보모들이 다 먹어 버렸는지 자취도 보이지 않았다. 손수건은 한 상자 안에 몇 개씩 들어 있어서, 원생 모두가 하나씩 가지고도 남을만한 숫자였지만 그것도 공부 잘하는 애들한테만 준다고 했다. 학교에 다니는 애들 중 우등생에게만 준다는 것이었다. 그래서 나도 손수건을 받았다. 흰 바탕에 분홍색 꽃무늬가 진 큰 손수건이었다. 나는 아까워 쓰지도 못하고. 오빠한테 줬다. 오빠는 잘

간직해 두었다.

처음 먹는 유럽의 과자와 사탕은 황홀한 맛이었다. 수량이 너무 적어서 맛이 더 강하게 남아 있는지도 모른다. 설이 지났으니 원생들도 나이를 한 살씩 더 먹은 것이었다. 우리 방에 있던 큰 애들은 모두 떠났다. 듣기로는 사회에 나갔다는 것이었다. 고아원은 13살 미만의 고아만 수용하는 곳이라 했다. 13살을 넘으면 공장이나 작업장에 배치되어 어른들과 같이 일한다는 것이었다. 그런데 다른 방의 또래 애들은 그냥 남아 있었다. 혹시 설날에 운 것이 밉상이 되어 일찍 쫓아 버렸는지도 모른다.

그때 오빠는 학교에 결석을 자주 했다. 앓아눕는 날도 많았다. 어떤 때는 밥맛이 없어 밥도 먹지 못하고 누워만 있었다. 나는 이미 그때 주먹 밥 한 덩어리도 얻어먹지 못하는 어리석은 아이는 아니었다. 나는 또래 아이들과 같이 수박 밭이고 참외 밭이고 얼마든지 들어가 훔쳐 내오는 담력도 커졌다. 오빠가 병들어 누워 있을 때, 나는 밭에서 훔쳐온 수박과 참외를 오빠한테 갖다 주었고, 막 여물기 시작하는 연한 옥수수도 훔쳐와 구워 주곤 했다.

여름 방학은 고아들의 세상이었다. 함주 애육원은 아주 깡촌이어서 방문만 열고 나서면 밭이고 논이었다. 논으로 흘러 들어가는 개울물은 맑았고 고기도 많았다. 어떤 때는 개울물을 중간에서 막아 놓으면 이내 물이 없어 펄떡이는 고기가 가득 쌓여 그대로 광주리에 담아 식당으로 가져가면 칭찬을 받았다. 오빠 또래의 남자애들은 개구리와 뱀을 잡아 껍질을 벗기고 고기를 구워 먹기도 했다. 고아원에서는 고기라곤 설날에 한번 맛볼 뿐이었다. 나는 뱀은 먹지 못했지만 개구리의 다리는 맛있게 먹었다.

옥수수가 여물어가고 감자가 커질 무렵 들놀이는 절정에 다다른다. 콩밭에서 콩을 뿌리째로 뽑아 오고, 감자는 흙이 붙은 대로, 옥수수는 껍질도 벗기지 않은 채로 쌓아두고 감자밭 곁에 큰 구덩이를 판 다음 돌을 쌓아놓고, 그 위에 나무가지, 마른 풀 같은 것을 가득 쌓아 놓은 후 불을 피운다. 돌이 벌겋게 달아오를 즈음 나무 꼬챙이로 돌을 헤치고 감자, 콩 옥수수를 모두 집어넣고, 그 위에 흙을 덮은 다음 기다리고 앉아 있으면 옥수수와 감자가 익어가는 향기가 코끝을 자극하고 식욕을 끌어당긴다. 이때다 하며 덮은 흙을 헤치고, 훌훌 불면서 껍질을 벗겨 먹곤 했다. 세상에 다시없는 진미 중에 진미였다. 언제 다시 한 번 그때처럼 감자와 옥수수를 구워 먹을 수 있을까? 우리가 그렇게 곡식과 과일을 훔쳐 먹어도 아무에게도 야단을 맞은 적이 없었다. 선생님도 우리와 같이 그런 들놀이에 합세할 때도 있었다. 시골인심이 그런 것인지 아니면 고아들이라고 불쌍해서 그냥 두었는지, 혹여 전쟁 중이라 곡식을 지킬 여력이 없었는지 지금 생각해도 이해가 되지를 않는다.

겨울은 고아들의 지옥이었다면 여름은 천당이었다. 그런 천당의 달콤한 꿈에서 깨어나지 못한 어느 여름날, 상부에서 명령이 내려왔다는 것이다. 또 다시 북으로 행군하라는 것이었다. 그것도 다음 날 바로 떠나는 것이다. 당연히 준비가 필요 없었다. 가는 곳마다 우리의 숙소였고 도착하는 마을마다 우리의 식당이었기 때문이다.

다시 시작된 북으로의 강행

또다시 끝을 알 수 없는 강행군이 시작되었다. 원산에서 올 때는 공습을 피해 산길을 걸었지만 이번에는 큰 길을 걸었다. 저녁 무렵에는 선발대가 좋은 마을을 찾아 놓았고, 닥치는 대로 저녁을 먹고는 잤다. 함흥시를 앞두고 우리 앞에는 드넓은 선천강이 가로 막혀 있었고, 폭격에 끊어진 선천강 다리가 허리 부러진 용처럼 구부러져 있었다. 폭격으로 잘린 곳은 두 군데였다. 차는 다니지 못했지만 사람들은 끊어진 두 곳에 'V'자형의 사다리를 만들어 놓고 건너다녔다. V자형의 한쪽은 부러져 내려온 철근이 붙어 있어 사다리를 고정할 곳이 있지만 반대쪽은 빈 공간을 두터운 밧줄로 엮어서 말 그대로 바람에도 흔들리는 휘청 다리인 셈이다.

오빠또래의 남자애들은 스스로 V형의 사다리를 건너갔다. 하지만 나와 같은 애들은 분대장과 선생들이 한 명씩 업고 건너니 시간이 많이 걸렸다. 오빠는 내가 건너지 못한 채 남아있으니 걱정 됐던지 건너갔던 다리를 다시 건너왔다. 그러자 보모가 말했다.

"네 동생만 여기 두고 갈까봐 건너 왔어?"

그러자 오빠는 머쓱해서 대답했다.

"그저 건너와 본 거죠 뭐."

그리고는 민망한 듯 재빨리 다시 건너갔다. 그때처럼 오빠가 믿음 직스러웠던 적이 없다. 그 무시무시한 사닥다리를 왔다 갔다 하는 용기가 너무도 자랑스러웠다. 선생님은 나를 등에 업고 강을 건넜다. 휘청거리는 밧줄 사다리를 올라 갈 때 눈도 뜨지 못하고 오로지 선생님의 등에 딱 붙어, 두 손으로 선생님의 팔을 꽉 쥐고 있었다. 이후로 나는 고소공포증이 생긴 것 같았다. 강을 다 건너자, 선생님은 나를 내려놓으며 말했다.

"이것 좀 봐, 내 팔이 부러질 번했어, 어찌도 꽉 틀어쥐던지. 참나."

선생님은 벌겋게 찍힌 손자국을 오빠에게 보이면서 웃었다. 모두 같이 웃었고 나는 오빠 뒤에 숨었다.

강행군은 계속되었다. 얼마나 걸었는지 모른다. 하루는 내 또래의 여자애가 걷지 못하게 되어 남겨 두고 가게 되었다. 북청이란 곳이었다. 그곳에도 고아원이 있었다. 나도 점점 걷기가 힘들었으나 오빠와 떨어지지 않으려고 이를 악물고 걸었다. 어떤 때는 대열에서 떨어져 오빠와 둘이서 걷기도 했다.

큰 길 옆을 따라 걷고 있으면 자동차와 마차가 지나갈 때가 있다. 자동차는 세우기가 힘들지만 마차는 세울 수가 있었다. 그리고 오빠가 소 모는 사람한테 태워 달라고 사정을 해서 마차를 타고 간 적도 있다. 한번은 마차에 앉아 넋을 놓고 가다가 분대가 유숙한 마을을 지나가버려 다시 되돌아 온 적도 있다.

한 달 이상 걸은 것 같다. 정말 나는 발이 아파서 더 이상 걷지 못할 지경이 되었다. 오빠도 발에 난 상처가 아물지 않아 고름이 나기 시작했다. 결국 나를 단천 고아원에 남겨 놓으려고 단천 고아원에 유숙했다.

다음 날 부대가 떠날 때, 분대장은 나만 남겨두고 가자고 했다. 하지만 오빠는 자기도 남겠다고 애원을 했다. 고름이 줄줄 흐르는 자기 발을 보이며 걷지 못하겠다고 나자빠졌다. 분대장은 할 수 없다는 듯이 고개를 끄덕였다. 그렇게 헤어진 분대원들은 이후로 어디로 갔는지 알 수가 없다. 청진까지 갔다고 하더니…….

11

단천 고아원에 정착하면서

　나와 오빠는 그렇게 해서 단천 고아원에 남게 되었다. 나는 하루 이틀 쉬고 나면 다리가 나아질 줄 알았다. 그런데 이틀 쉬고 다음 날이 되어도 다리가 펴지지 않아 설 수가 없었다. 나는 앉은뱅이처럼 다리를 펴지 못하고, 손으로 땅을 짚어 가며 움직였다.

　단천 고아원은 산 위에 있었다. 멀리서 보면 나무속에 가려있어 아무것도 보이지 않았다. 우리가 자는 방은 식당에서 언덕으로 올라 가야했다. 밥 먹으러 내려 올 때, 다리를 펴지 못해 굴러 떨어질 뻔하기도 했다. 닷새쯤 지나서 겨우 다리를 펼 수 있게 되었다. 나는 그제야 행군 중에 이틀 계속 쉬어서는 안 된다는 분대장의 말을 이해하게 되었다. 나는 지금도 먼 길을 걷지 못한다. 그 후 내가 다닌 학교에서 행군이 있을 때마다 뒤에 떨어졌다. 그때 과도한 피로가 다리에 고질병을 만들었던 것 같다.

　단천 생활은 전쟁 시기였지만 참으로 재미있게 보냈다. 오빠는 단천의 이야기를 할 때마다 "우리가 단천에 있을 때 제일 재미있었어, 너 때문에 나도 단천에 남았으니, 너의 덕이지."하며 빙긋이 웃었다. 우리가 단천에 왔을 때, 학교수업도 막 시작되었다. 중학교는 시험을 치고 들어가야 하는데 오빠는 중학생이라고 시치미를 뚝 떼었다. 그래서 바로 중학교에 다니게 되었다. 나도 1학년을 얼마 다니지 않았지만 2학년으로 들어갔다. 고아는 50여 명 정도였고 학교는 한 시간 정도 걸어가야 했다. 나와 같이 2학년에 다니는 애들이 8명이었고, 중학생은 오빠 한 명 뿐이었다. 그 외에 학교에 가지 않는 애들도 있었다. 오빠보다 한 살이 많은 여자애들도 있었지만 어떻게 된 일인지 학교에 다니지 않고 식당의 보모들과 어울려 일을 하는 것을 더 좋아했다.

오빠는 고아원의 유일한 중학생이면서 성적우수자였다. 당연히 고아원 학생들의 총 책임자가 되었다. 어린 애들은 모두 오빠를 따르고, 오빠보다 큰 애들도 선생님도 대견스러워 했다. 고아원의 대표로 회의에 참석하기도 했다. 전쟁 중인데도 폭격도 없었고, 학교에 마음대로 다닐 수 있었다. 아침이면 밥을 먹고 여덟 명이 같이 산을 내려 학교로 갔다. 학교 가는 길은 먼저 모래사장을 지나야했다. 원래는 아주 넓은 강이었다는데, 물이 줄어들고 작은 개울이 되어 버렸다. 그러나 장마철에는 큰 강이 된다는 것이었다. 여기저기 풀이 조금씩 솟아 있을 뿐, 드넓은 백사장이 펼쳐있었다. 때론 우리는 그 백사장을 맨발로 내달리기도 했다.

단천에서는 유럽에서 온 선물로 옷을 받아 입었다. 유럽인들이 전쟁고아들을 위해 모금해서 보내 온 것이라고 했다. 나는 키가 작고, 여윈 축이어서 주름치마를 타서 입었다. 다른 애들은 넓은 빨간 바지를 받아 입었다. 그때 우리의 생활은 부모 있는 애들보다 잘사는 것 같았다. 부모와 사는 애들이 쌀이 없어 감자와 콩밥을 먹을 때도 우리는 쌀밥을 먹었으면서 남부럽지 않게 지냈다. 또한 우리는 언제나 같이 다녔고, 공부도 잘해서 선생님한테 칭찬 받았다. 부모가 있는 애들이 우리를 고아라고 업신여기지도 못했으며 오히려 우리가 그들을 공부 못한다고 무시를 하는 정도였다. 또 그들은 집에 돌아가 봐야 동생들이나 돌보고 가정 일을 해야 했기에 숙제 할 시간도 없다고 했다.

고아원도 가끔 식량이 부족 할 때가 있었다. 쌀을 타 오지 못하고 벼를 타다가 방아에 찧어 쌀겨를 벗겨야 했다. 우리는 학교에서 돌아오면 뉘를 골라야했다. 넓은 상위에 바가지로 벼알이 섞인 쌀을 펼쳐 놓고, 벼알만 골라내고 쌀을 함지에 끌어넣었다. 저녁에 지을 쌀이었다. 방아는 학교에 다니지 않는 여자애들이 찧었다.

야채와 땔 나무가 없을 때는 우리 모두 산에 올라가 나물을 캐고, 나뭇가지도 주워 왔다. 우리가 산에 올라가기 전에 식당 아주머니가 나물을 보여주며 이름과 모양을 설명해주었다. 산에는 저절로 자란 개암나무, 도토리, 산딸기, 산머루들이 여기저기에 늘어져 있었다. 우리는 임무수행보다 먼저 산열매를 따서 먹는 것을 즐겼다. 개암은 맛있는데, 도토리는 어찌도 떫은지 씹은 것을 다 뱉어 버렸는데도 혀가 굳는 것 같았다. 나물 캐고, 나뭇가지도 주우며 놀기도 했지만 내려올 때는 가져간 보따리가 터질 것처럼 가득 찼다. 그런 보따리와 나뭇가지를 식당 앞에 놓으면 식당 아주머니는 활짝 웃으며 칭찬을 했다. 그러면서 어떤 풀은 먹지 못한다고 알려주기도 했다. 비슷하게 생겼지만 독이 있다는 것이었다. 식당 아주머니는 못 먹을 풀은 골라버리고 물에 삶아 소금과 간장에 묻혀주었다. 지금도 그때의 싱싱한 나물이 마냥 그립기만 하다.

우리는 그렇게 학교에도 다니고 근심 없이 지냈지만, 불행한 애도 있었다. 나와 오빠가 단천 고아원에 들어왔을 때 식당 앞에서 우는 어린애를 업고 달래는 한 여자애를 봤다. 그 애는 14살이고, 업고 있는 애는 3살이라고 들었다. 업힌 애는 나이보다 작아 보였고, 아주 여위었다. 단천시가 폭격을 맞았을 때 집이 몽땅 타 버리고, 어머니와 할아버지, 할머니, 그리고 두 남 동생이 모두 죽었다고 했다. 14살짜리 그 여자아이와 3살짜리 아이만 남은 것이었다. 그 여자아이는 14살이어서 고아원에 들어올 수 없었지만 3살짜리 동생을 돌보아야 하기 때문에 입소한 것이었다. 그녀는 언제나 우울해 보였고 업힌 애는 쉴 새 없이 울었다. 단천 고아원은 식당 앞이 평평한 마당이고 다른 곳은 평평한 곳이 없었다.

어느 날 나와 친구가 마당에서 놀고 있는데, 식당 아주머니가 동생을 업고 있는 그 애에게 욕을 하는 소리가 들렸다. 그 애가 북어를 훔쳤다는 것이었다. 그 애도 울고 있었고 등에 업힌 애도 울고 있었다. 식당 아주머니가 들어간 다음, 그 애에게 다가가 물어보니, 동생이 죽도 먹지 않고 울기만 하는데 북어를 주면 먹는다는 것이었다. 처음에는 찬모한테 부탁해서 얻어 먹였지만, 매일 가지러 오니, 더 이상 주지 않더라는 것이었다. 그래서 창고에 가서 북어 하나를 들고 나오다가 그만 찬모한테 들켰다는 것이다.

우리는 그 애를 동정하며 식당 아주머니를 야속하게 생각했다. 우리는 그 애를 도와 줄 요량으로 계책을 꾸미기로 했다. 우리 둘이 식당 아주머니의 일을 도와주는 척하면서 시선을 가리는 동안 한 명은 창고에서 북어를 꺼내와 감추고 산위로 올라갔다. 그리고 그 애를 불러 북어 하나를 주고, 하나는 우리 셋이 산에서 나누어 먹었다. 그리고 그 애한테 다 먹고 없으면 우리가 또 가져다주겠다고 약속했다. 하지만 이후로 우리는 다시 북어를 도둑질을 할 필요가 없게 되었다. 울기만 하던 아기가 죽었던 것이다. 세 살배기가 이가 다 빠지고, 뼈밖에 남지않았다고 들었다. 영양실조이거나 병에 걸렸던 모양이었다. 며칠 후 그 아기 누나도 어디론가 사라져 버렸다.

9월이 되여 신학기가 시작된 어느 날, 갑자기 트럭 한대가 산 아래에 와 멈추었다. 다음날 남자애들을 모두 싣고 간다는 것이었다. 오빠는 떠나기 전에 잘 보관해 두었던 각종 상과 유럽에서 받은 구호물자와 내가 준 손수건과 자기가 쓰던 공책을 나에게 주었다. 보모들이 남자애들은 군사 학원에 간다고 했다.

떠나는 날 오빠가 책임자로 임명되어, 남자애들 전원을 차에 올라 앉히고, 자기는 제일 마지막에 올라탔다. 멍하니 보고 있던 나는 갑자기 영원히 만나지 못하지나 않을까하고 겁을 먹었던 모양이었다. 나는 '으앙' 울음을 터뜨리며 차에 매달려 나도 가겠다고 소리쳤다. 보모들과 그들을 인솔하려고 온 군관들은 어쩔 바를 몰라 주춤

거렸다. 오빠가 눈물을 글썽이며 나의 손을 떼어 놓고 말했다.

"또 만날 수 있을 거야."

그리고 인솔군관을 향해 "빨리 떠납시다. 어두워지기 전에……."
하고는 트럭의 포장을 내렸다.

12

드디어 **중국**에 **도착**해서

그렇게 오빠가 떠난 후, 한 달 즈음 지난 것 같았다. 저녁 무렵에 또 몇 대의 트럭이 왔다. 이번에는 13살 이상은 남기고 나머지 여자 애들이 전부 올라탔다. 그날 밤 늦게 우리는 리원에 도착했다. 그곳은 '리원 군사학원'이라고 불렸다. 이튿날 우리는 군복을 배급받아 입었다. 군복 스커트의 양쪽에는 붉은 줄이 있었다. 군관복이라고 들었다. 모자까지 있었다.

숙소가 준비 되지 않아, 이틀 밤을 밖에서 잤다. 판자위에서 옷을 입은 채 잤다. 밤중에 추워서 깨어나기도 했지만, 새벽까지 곯아 떨어졌으니 피곤이 이긴 것이었다.

나무판자 침대가 완성되자 우리는 방안에 들어가게 되었다. 공부는 하지 않고 매일 군사 훈련이었다. 군사 훈련이란 줄 서기였다. "하나, 둘, 셋."하는 호령에 따라 앞으로 가고, 옆으로 돌고, 뒤로 돌고 했다. 식당은 수수대로 임시로 만든 막사여서, 지붕이라고 수수대로 얼기설기 엮어 놓은 것인데 그 아래에서 밥을 먹고 있으면 멸치 국에 벌레가 뚝 떨어지곤 했다. 어떤 애들은 벌레를 건져내고 계속 먹었지만 나는 내 국에 떨어지지도 않았는데 먹지 못했다. 구역

질이 나서 어쩔 수가 없었다. 군대라 그랬는지 돼지고기와 갈치 같은 생선도 나왔으며, 주식은 쌀밥이었고, 두부와 야채 같은 부식도 아주 좋았다.

그곳에서 두 달 이상은 지낸 것 같았다. 어느 날 저녁 또 몇 대의 트럭이 학원 앞에 섰다. 아무런 설명도 없이 우리에게 군복 외투 같은 솜옷을 하나씩 나누어 주면서 트럭에 올라타라고 했다. 그 솜 외투는 발목까지 내려왔다. 내가 키가 작아서 차에 오르지도 못하니 소대장과 선생들이 안아서 올려놨고, 그들도 이어 올라 탔다. 처음 입는 솜옷은 무거웠지만 따뜻하고 폭신했다. 트럭이 움직이기 시작할 때, 우리는 따듯한 솜옷 속에서 잠들어 버렸다.

이후로 안 것이지만 우리는 중국으로 들어가는 길에 들어 선 것이었다. 정전협정이 한창 진행되고 있었지만 전쟁이 장기화 될 수도 있다는 계획을 세우는 것이었다. 당연히 군사학원의 학동들은 인민군의 전열에 세워지는 것이었다. 만일 전쟁이 계속 되었더라면 우리는 전쟁의 대포 밥이 되는 것이었다.

판문점 협정이 거의 끝나가던 1952년 겨울, 우리는 그렇게 트럭에 태워져 중국으로 들어갔다. 정전회의를 판문점에서 진행하면서 서로에게 유리한 조건을 만들려는 전투도 치열했다. 공습을 피해 우리는 밤에 트럭에 앉았고, 낮에는 트럭을 나무 밑에 위장해 놓고 도착한 마을에서 밥도 먹고 잠도 잤다.

트럭을 얼마나 탔는지는 모르나, 어느 날은 트럭이 사과나무가 가득한 과수원으로 들어갔다. 수확이 끝난 과수원의 나무에 사과는 없었지만 땅에는 떨어진 사과가 널려있었다. 떨어진 사과는 맛이 덜했지만, 사과는 사과였다. 그곳은 사과가 많이 재배되는 강계라고 들었다. 그곳에서 며칠 묵었다. 마을에서는 우리에게 세 끼의 밥을 해주었고, 때로는 홍옥이란 사과도 나눠줬다. 상긋하고 새큼한 맛과 연한 과육의 부드러움은 지금도 군침을 돌게 한다.

어느 날 밤에 우리를 실은 트럭은 중국 쪽의 작은 도시인 집안으로 들어갔다. 거기서 기차를 타게 되어있었다. 후에 알았지만 압록강을 건너는 순서를 기다리려고 강계에 머물렀던 것이다. 당시 중국으로 이송되는 고아를 실은 트럭이 수백 대라고 했다. 당연히 한꺼번에 건널 수가 없었던 것이다.

한밤중에 기차에 올랐다. 기차는 2급 객차였고, 우리가 편안히 잘 수 있도록 세 사람이 앉을 자리에 한 사람씩 앉게 했다. 우리 옆은 3살 이하의 어린애들의 찻간이어서, 칸막이 방의 문을 열 때마다 애들의 울음소리가 들려왔다. 보모 하나에 아기는 다섯이라고 들었다.

세 끼가 전부 소시지(양순대)였다. 그때 그 음식이 고급이라고 했지만 밥만 먹던 우리는 느끼해서 먹지를 못했다.

며칠 밤을 자고 나니 우리는 서란이란 곳에 도착해 있었다. 조선 고아들이 온다는 소식을 듣고 서란현에서 많은 사람들을 동원해 마중을 나왔다. 우리가 기차에서 내리자, 플랫폼에 나열된 그들은 손에 중국기와 공화국기를 들고 노래를 부르며 환영했다. 그들은 우리가 내려오는 대로 업고 갔다. 나도 어떤 여자에게 업혔는데 아주 힘들어하는 것이 느껴졌다. 말이 통하지를 않아 몸짓을 하며 등에서 미끄러져 내렸다. 그제야 그녀는 웃으며 나의 손을 쥐고 걸었다. 버스가 기다리는 곳에서 우리는 서로 손을 흔들고 헤어졌다.

우리는 차를 타고 '서란 초등학원'이라고 불리는 곳에 도착했다. 초등학원이란 초등학생들이 있는 곳이었다. 9살부터 13살까지의 애들이 섞여 30여 명이 한반으로 편성되었고, 그런 반이 세 개였다. 모두 여자애들이었다. 비록 나이 차이가 있어도 모두 2학년부터 시작했다. 나이가 들었지만 전쟁이라 공부를 제대로 하지 못했기 때문이었다. 그 아래는 유치원이 있었는데 5살부터 7살 사이의 여자애들이 섞여서 한 반이 되었고, 세 반이 있었다. 모두 합쳐서 200명은 되었던 것 같았다.

1952년 정전협정이 진행되면서, 유럽의 사회주의 국가들은 조선의 전쟁고아를 100여 명씩 받아들여 기르고 있었다. 중국은 직접 전쟁에 참가한 나라였기에 전쟁고아도 제일 많이 받아들였다. 동북 삼성의 각지에 4만여 명의 고아들을 돌보고 있었다. 심양에는 조선에서 파견된 관리부문이 상주하면서 고아들과 직원들을 관리하고 있었다. 고아들의 생활을 돌봐주는 보모와 글을 가르치는 선생들은 모두 조선에서 들어왔고, 식당과 기타 잡역부는 현지인이었다.

중국 정부는 고아들을 외국 손님으로 대해 주고, 풍족한 생활을 베풀어 주었다. 아침식사로 삶은 달걀 두 개에 밥과 국, 볶은 채소들이 나왔다. 점심에는 돼지고기나 생선이 나왔고, 저녁에도 고기가 빠지는 적이 없었다. 대부분 중국식 요리였다. 일용품도 충분했다. 수건, 칫솔, 치약, 세숫비누에 컵까지 주머니에 넣어져 각자의 명패를 달고 벽에 걸려 있었다. 한 달에 한 번씩 점검하면서 부족한 물품을 채워주었다. 정기적으로 속옷과 겉옷을 전체적으로 빨아주었다.

우리가 자는 곳은 온돌방이었다. 크고 넓은 방안에 온돌이 세 칸으로 되어있고 온돌과 온돌 사이에는 복도가 있고, 가운데 있는 온돌은 좀 더 넓었다. 우리는 각각의 이불과 요를 펴고 누워 잤다. 머리는 복도 쪽으로 향했다. 겨울에는 매일 세 번씩 불을 때주어 온돌은 언제나 따뜻했다.

숙소와 식당은 나무로 된 울타리의 안에 있었고, 학교는 가까운 중국 소학교의 교실을 빌려 썼다. 교실까지 가는데 30분쯤은 걸렸다. 그해 겨울은 몹시 추웠다. 우리는 솜옷위에 검은 색 솜 외투를 겹쳐 입었고, 솜 신과 솜 모자, 솜 수갑에 마스크까지 끼고 열을 맞추며 학교에 다녔다. 어떤 때는 눈이 너무 많이 와서 문조차 열지 못할 때도 있었다. 문 앞에 길을 낸 다음에야 겨우 나갈 수 있었다. 길옆에 쌓인 눈이 우리 키를 넘을 때도 있었다. 맨 손으로 문고리를 쥐면 떡떡 달라붙었다. 교실에는 석탄 난로가 있어, 우리가 교실에 도착하기 전에 실내는 훈훈하게 데워져 있었다. 심양으로부터 조선말 교과서와 노트도 공급 되었고, 2학년 때는 담임선생님이 국어와 산수를 함께 가르쳤다.

그런데 서란의 물은 아주 질이 나빴다. 펌프로 뽑은 물을 세면기에 담아 놓으면 30분도 안 가서 누런색으로 변해 버린다. 자갈과 모래로 된 여과 장치를 통한 후에도 별로 효과가 없었다. 먹는 물은 물차로 날라 왔고, 세숫물은 여과된 물이였지만, 한 번만 씻고 나면 수건이 누렇게 물이 들었다. 그 물로 머리를 감으면 쩍쩍 달라붙어 빗질도 할 수 없었다. 그래서 겨울에는 눈을 녹여 머리를 감고, 여름에는 좀 떨어진 곳에 있는 강물에 가서 머리도 감고 목욕도 했다.

'항미원조(미국에 항거하며 조선을 도와준다)'의 구호 아래, 중국 주민들은 우리 고아들을 잘 대해 주었다. 어느 휴일 날 나와 한 반에 있는 금숙이와 둘이서 가게들이 있는 거리를 지나 학원으로 돌아오는 길이었다. 어떤 아저씨가 우리에게 다가와 다정하게 말을 건넸지만 우리는 알아듣지 못해 멍하니 바라보고 웃기만 했다. 그는 만원(화폐개혁 후 1원으로 됨)짜리와 천 원짜리 두 장을 꺼내, 나와 금숙이에게 나누어 주었다. 그리고는 옆에 늘어선 가게와 우리 손에 들려진 돈을 번갈아 가리켰다. 말은 못 알아들었지만, 그 돈으로 가게의 물건을 사라는 뜻이라는 것을 눈치 챘다. 그는 우리가 가게 옆을 지나면서 두리번거리는 것을 보고, 측은하게 생각하고 먹고 싶은 것을 사 먹으라고 돈을 준 것 같다. 우리는 고맙다고 인사를 하고, 만원을 주인에게 내밀며 가게에 있는 사탕, 과자, 꽈리, 해바라기 같은 것을 가리켰다. 가게의 주인은 우리가 가리킨 물건을 종이 봉지에 넣고, 또다시 큰 봉지에 싸서 주었다. 거스름으로 천 원짜리 몇 장을 받았다. 우리가 큰 봉지를 들고 돌아 설 때까지 그 아저씨는 우리를 지켜보고 있었다. 마치 우리가 지불한 돈대로 물건을 받은 것을 확인 하듯이. 나와 금숙이는 다시 한 번 인사하고 학원으로 돌아왔다. 보모에게 거리에서 만난 아저씨의 이야기를 하고, 사 온 과자봉지와 남은 돈을 건넸다. 그러자 보모가 말했다.

"참 고마운 분들을 만났구나, 그 돈으로 이렇게 많이는 못 사는데, 가게주인이 더 많이 줬구나."

사온 간식들을 아이들과 나누어 먹었다. 하지만 보모는 다시는 남한테서 돈을 받지 말라고 했고, 나도 그 아저씨 같은 분을 더 이상 만난 적도 없었다.

평화로운 환경에서는 공부도 재미있었다. 매일 오전에는 공부하고, 오후에는 노래와 춤도 배웠다. 그 외 시간은 운동장에서 놀았다. 노는 것은 고무줄뛰기와 공기였다. 고무줄은 학원에서 사준 것이었고, 공기는 우리가 주워온 돌들이었다. 나는 키가 작아 고무줄뛰기는 지기만 했지만, 공기는 앉아서 손쓰는 것이어서 언제나 이겼다.

어느 날 운동장에서 놀고 있는데 유치원 애들도 나와 있었다. 멀리 보이는 한 애의 노란 머리와 하얀 얼굴이 미숙이 같았다. 나는 달려가 그 애의 손을 쥐고 찬찬히 쳐다보니 동그란 눈도 비슷했다. 그래서 물었다.

"이름이 뭐니?"

"노춘자."

"몇 살이지? 또 다른 이름 없니?"

춘자는 머리를 좌우로 흔들며 대답했다.

"일곱 살, 다른 이름 없어."

미숙이와 같은 나이였다. 나는 춘자의 손목을 살펴봤으나, 어떤 흔적도 없었다. 그래서 가족에 대한 것을 상세히 물어 봤지만, 모른다는 것이 많았고, 미숙이보다 온순해 보였다. 나는 미숙이가 아니라는 것을 알면서도 그 애의 곁을 떠나기가 싫었다.

중국에 들어 온 후 평화롭고 안정된 생활을 하게 되면서 나는 자주 미숙이 생각을 했다. 선생님들은 수업 시간에 조선 전쟁의 상황을 이야기해줬고, 휴전이 된 후에도 북쪽이나 남쪽이나 모두 전쟁의 피해로 힘든 상황이라는 것을 알았다. 그런데 나는 이렇게 호강하고 있는 것이 마냥 불안 했다. 미숙이는 지금 어디 있는지? 나와 오빠가 원산을 떠난 다음 대폭격이 있었다고는 들었지만 어디에선가 살아있기만을 기도할 뿐이다. 전쟁으로 폐허가 된 그곳에서 밥이나 제대로 먹고 있는지. 미숙이를 데려간 할머니네 집은 폭격에 허물어지지 않았는지. 내가 조금만 더 잘 돌봐주었더라면 그 할머니 집에 보내지 않았을 텐데. 그러면 나와 같이 지금 여기서 근심 없이 살며 재미있게 공부하고 있었을 것이라고 생각하니 가슴이 도려내는 듯 아파왔다.

미숙이와 닮은 노춘자를 볼 때마다 미숙이 생각이 나서 옆에 다가가 이야기도 하고 놀아주기도 했다. 학원에서는 한 주일에 세 번씩 사과, 귤, 사탕, 과자 같은 간식이 나왔고, 수량도 적지 않았다. 나는 간식을 남겨 뒀다가 춘자한테 주기도 하고, 같이 먹기도 했다. 춘자와 한 반에 있는 애들이 내가 춘자만 귀여워한다고 선생님한테 일렀는지 하루는 우리 담임선생님이 나를 불렀다.

"요즈음 네가 유치원반의 노춘자를 자주 찾아 간다는데 정말이냐?"

"예, 노춘자가 딱 내 동생처럼 생겼어요, 이름은 다르지만 내 동생 같아서……."

나는 선생님에게 미숙이와 원산에서 갈라진 이야기를 하며 울었다. 이야기를 듣던 선생님도 눈물을 머금고, 나의 손을 꼭 쥔 채 한참동안 말이 없었다. 그리고 크게 한숨을 쉬더니 말했다.

"우린 모두 전쟁 때문에 가족들과 헤어지고, 사랑하는 사람들을 잃어버리게 된 거야."

그리고는 선생님도 부모님이 폭격으로 죽고, 남편은 전쟁에 나갔는데 소식이 없다는 사실을 알려줬다. 나는 그대로 선생님의 무릎에 머리를 박고 한참을 울었다. 이윽고 선생님도 마음을 진정 시키고는 나의 머리를 쓰다듬으며 조용히 말했다.

"그래도 노춘자는 미숙이가 아니야, 이제 더 이상 찾아가지 마라, 네가 춘자만 예뻐하면 다른 애들이 질투해서 춘자한테도 안 좋아. 선생님이 심양 관리부에 신청해서 미숙이를 찾아보도록 할게. 만일 중국에 들어왔다면 꼭 찾을 수 있어, 내가 약속하마."

선생님은 약속대로 심양 관리부에 연락을 해서 찾아봤지만 미숙이가 중국으로 들어오지 않았다는 것을 알려줬다.

1년이 지나 우리는 삼학년이 되었다. 학원도 다른 곳으로 이동을 했다. 같은 서란현이었지만 그 전보다 물이 좀 좋은 곳이었다. 교실도 울타리 안에 있었고, 운동장에는 높은 곳에서 아래로 미끄러지는 썰매판도 있었다. 여학생들만 있던 곳에 절반이 다른 데로 가고, 그 대신 남자애들이 오게 되었다. 그때 노춘자도 다른 학원으로 가버려 다시는 만나지 못했다. 남학생만 있던 학원에서는 학생들이 말을 잘 듣지 않아, 보모와 선생님들이 너무도 힘들어 하기에, 공학학원을 만들었다고 한다.

전쟁 통에 구속 없이 제멋대로 하던 애들이 울타리 안에 갇히니 답답하기도 한 것 같았다. 우리학원으로 온 애들은 우리 눈에도 절반즈음은 부랑자처럼 보였다. 그때 길거리에는 떠돌이 개가 널려 있었는데, 남자애들은 널판으로 썰매를 만들어 개들에게 매 가지고 타고 다니며 놀았고, 그 짓도 싫증이 나면 개를 운동장 가운데서 썰매판 기둥에 새끼줄로 목을 매서 죽이기도 했다. 그때는 중국 시민들도 개고기를 먹지 않았기에 죽은 개를 먼 들판에 내다 버리곤 했다. 우리 반에도 절반은 남학생들이였는데, 개 잡는 장난까지는 하지 않았지만 공부도 하지 않고 선생님께 고분고분 하지도 않고 심지어 선생님을 때리기까지 했다.

우리 반에 신재식이란 남자애가 있었는데, 나와 한 성씨였고 나보다 두 살 위었던지라 자기가 오빠라고 하며 친절하게 대해 줬고, 평시에는 온순하게 보였다. 그런데 하루는 우리 반 담임선생님한테서 주의를 받고 있다가, 갑자기 일어나 옆에 놓여 있던 벽돌장을 들어 선생님의 어깨에 내려치고 도망을 친 것이었다. 선생님은 어깨에 묻은 벽돌 가루를 털면서 "나쁜 자식, 가긴 어딜 가, 가만 안 둬."하면서 뒤따라갔다. 그날 저녁 담임선생님은 나를 불러 물었다.

"다른 애들이 그러는데 너와 재식이는 같은 성씨라고 친하게 지낸다는데, 사실이니?"

"예, 자기가 오빠라고 친절하게 대해 줘요."

그러자 선생님이 내게 말했다.

"재식이가 나쁜 애는 아니야, 네가 오빠처럼 생각하고 잘 타일러 줘 봐, 들을 지도 모르잖니."

선생님은 재식이가 공부도 하지 않고, 다른 애들과 싸움이나 하면서 선생님의 말을 도무지 듣지 않는다고 나한테 하소연을 했다. 그러면서 이러다가는 4학년에 올라가지 못할 것 같다고 했다. 그러고는 내게 부탁을 했다.

"너는 국어도 산수도 언제나 '수'를 받잖아. 네가 재식이와 같이 공부 하면서 가르쳐 줘라. 그러면 좀 나아질지도 모르지 않니."

선생님은 그렇게 나더러 그를 도와주라고 부탁했다.

사실 나는 재식이가 얼마나 고통스럽고 힘든 삶을 살았는지 알고 있었다. 언젠가 그는 자기가 오빠라고 하면서 이런저런 겪어온 이야기를 들려 준 적이 있었다. 재식이네 집은 함흥시에 있었다. 아버지와 어머니, 여동생 둘이 있었다고 한다. 함흥시 대 폭격 때, 함흥 비료공장에서 일하던 아버지와 어머니가 죽고, 여동생 둘과 같이 함흥 애육원에 들어갔다. 재식이는 배고프고 자유롭지 못한 애육원 생활에 적응하지 못하고 도망쳤다고 했다. 하루는 함흥시내에서 부랑자들과 같이 도둑질 하다가 붙들려서 쑥섬에 끌려갔다. 그 때 아홉 살이었던 재식이가 애육원에서 나왔다고 말하면 쑥섬에 안 가도 되는 걸, 고아원에 다시 돌아가기 싫어서 입을 다물었다고 했다.

쑥섬이란 옛날부터 죄인들을 귀양 보내는 곳으로 알려지고 있었다. 재식이는 쑥섬에서 반 년 동안 있으면서 온갖 고초를 겪었다고 했다. 철저한 감시를 받으며 해야 하는 힘겨운 노동, 제일 참지 못할 것은 기아와 고독이라고 했다. 매일 먹는 콩밥이나 보리밥도 양이 적어 고통스러웠단다. 고아원은 여기에 비하면 천당이라고 했다.

하루는 노인어부가 양식을 배에 싣고 오는 것을 보고, 재식이는 검사원들이 짐을 운반하는 틈을 이용해 그 노인에게 무릎을 꿇고 사정했다. 그러자 노인은 그를 배 밑에 숨겨주었단다. 아마도 노인은 열 살도 채 되지 않은 아이가 이런 곳에 있는 것을 측은하게 생각하며 바가지를 덮고 숨겨 주었던 것 같다. 그런데 한 검사원이 "저 바가지는 왜 저기 떠 있는 거요?"하고 의심스럽게 묻자 노인은 황급히 대답했단다. "아 저것, 방금 물 퍼내고 옆에 놓았는데, 바람에 떨어졌나 봐요."하고는 바가지를 건지는 척하면서 잣대로 재식의 머리를 꾹 눌러 놓았단다. 그리고 바가지를 건지면서 뱃머리를 돌렸단다. 검사원이 돌아섰을 때, 노인은 다시 바가지를 슬쩍 재식의 머리위에 씌웠단다. 재식은 한참동안 바가지를 쓰고 배에 딱 붙어서 헤엄을 치다가 쑥섬에서 멀어진 다음 배에 올라탔다고 했다.

노인은 아들이 군대 나간 후 며느리와 손자, 손녀를 산골에 있는 친정집 쪽으로 피난시켰다고 했다. 노인은 재식이를 가엽게 여기고 친 손자처럼 귀여워하고 사랑했단다. 재식이도 친 할아버지처럼 따르며 장작도 패고, 미역과 물고기를 말리는 일도 거들어 주었다고 했다. 하지만 휴전협정이 진행되면서 폭격이 잠잠해졌을 때, 며느리와 손자, 손녀가 돌아왔다. 노인은 며느리의 눈치를 보게 되고, 재식이도 자기가 있을 곳이 아니라고 느꼈단다. 노인에게 집을 떠나겠다고 하자, 노인이 말했다.

"다시는 그런 부랑자들과 휩쓸리지 마라. 이제 네 여동생들이 있는 함흥 애육원에 데려다 줄 테니 거기서 얌전히 있도록 해라, 나도 가끔 만나러 가마."

노인은 조그마한 짐 보따리를 싸서 빌려온 마차에 올려놓고, 재식이도 마차에 올라탔다. 함흥 애육원에 도착했을 때, 노인은 재식이가 자기 누나의 아들인데, 애육원 생활에 적응되지 못해, 자기를 찾아왔더라고 변명을 하고, 집 상황이 넉넉하지 못해, 다시 애육원에 데려왔다고 했다. 그래서 재식이는 함흥 애육원에 남았다. 하지만 한 달도 지나지 않아 군사학원으로 이동 되었고, 이후로 중국까지 들어오게 되었다고 했다.

재식이는 이 같은 산만한 생활로 공부가 머리에 들어가지 않는다고 했다. 나는 재식이와 같이 산수 문제도 풀고, 국어 교과서의 받아쓰기 연습을 시켰다. 3학년말의 시험에 재식은 겨우 합격하여 4학년에 올라가게 되었다. 4학년에 진급했을 때 또 학원은 대 변동이 있었다. 나는 산성진 초등학원에 소속되었고 재식이도 우리 반에 있던 남학생들과 함께 다른 곳으로 가 버렸다. 그 후 다시 만나지 못했다.

13

산성진 초등학원으로 이동하면서

산성진 초등학원으로 이동 될 때 우리는 조그마한 가방에 간단한 자기 소지품을 넣어 어깨에 메고 다른 물건은 모두 학원에서 단체로 옮겨 주었다. 길림시 역에 도착했을 때 우리는 산성진행 기차를 타려고 역에 내렸다. 역에는 다른 학원의 학생들도 차에서 내려 바꿔 탈 기차를 기다리고 있었다. 우리가 내려 대열을 정돈하고 있을 때였다. 나는 줄서 앉아 있는 남학생들의 앞줄에 앉아 있는 오빠를 발견했다. 나는 너무도 기쁘고 반가워 두근거리는 가슴을 억제하며 내 옆에 서있는 이춘자한테 말했다.

"저기 우리 오빠가 있어, 이 가방 좀 가지고 있어, 나 갔다 올게."

나는 오빠가 눈앞에서 사라질 것 같아, 움켜 쥔 가방을 춘자에게 맡기고, 오빠 앞으로 달려가 오빠의 손을 쥐었다.

"이건 또 뭐야?"

옆에 앉아 있던 학생이 야릇한 웃음을 지으며 오빠와 나를 번갈아 바라보았다. 다른 학생들의 시선도 오빠에게 집중 됐다.

"내 동생이야."

오빠는 얼굴을 붉히고 빙긋이 웃으며, 그 자리에 앉은 채 내게 말했다.

 "어서 돌아가. 잘못하면 떨어지겠다. 우리도 산성진으로 가니까. 또 만나게 될 거야. 걱정말고 가 봐."

 나는 돌아와 춘자 손에서 나의 가방을 받아 쥐고, 대열을 따라 차에 올랐다. 차창으로 밖을 내다보며 오빠를 찾았으나, 어느새 역에 머물러있던 학생들은 깨끗하게 사라지고 없었다. 춘자는 내게 오빠가 있다는 것을 부러워하며, 자기도 오빠가 있었는데, 원산 대포격 때 죽었다며 눈물이 글썽였다. 그때 춘자는 외할머니 집에 가 있어 난을 면했다고 한다. 춘자 아버지는 군대에 가고, 엄마와 두 살 된 여동생도 폭격으로 일어난 불바다에서 끝내 나오지 못했다고 했다.

 서란 초등학원 2학년 때부터 나는 춘자와 같은 반에서 지냈다. 나이도 같았고, 서로 마음이 통하는 사이였다. 반에서 나이가 많은 애들이 대장노릇을 하고 있었다. 그들은 나이만 먹었지 공부는 못했다. 그러면서 자기들을 따르지 않는 애들을 왕따를 시키는 것이었다. 누구도 말을 하게 하지 않고 함께 놀지도 않으면서 고립시키는데 드러나게 때리거나 싸우지 않기에 선생님의 주의도 끌지 못했다. 한반에 있는 금옥이는 나보다 세 살이 많았다. 그 애는 키도 컸고, 힘도 셌다. 하지만 공부를 못해서 공부 잘 하는 애들을 못살게 굴었다. 나는 언제나 모든 과목에서 '수'를 받았는데, 선생님은 그런 나를 특별이 귀여워했기에 금옥이의 공격 목표였다. 또한 나와 친한 애들도 나와 같이 괴롭힘을 당했다.

금옥이는 반 애들을 돌아가면서 괴롭혔다. 내가 따돌림을 받을 때 춘자가 몰래 위로해 주었고, 춘자가 따돌림 받을 때는 내가 춘자 편을 들어 주었다. 고아로서 학원에서 왕따를 당하는 것은 너무도 괴로운 일이었다. 부모가 있으면 집에 가서 부모님께 이르고 편들어 달라고 보채기도 하겠지만 고아원은 울타리 안에서 하늘을 향해 소리를 지르면서 울분을 토하는 수밖에 없었다. 그럴 때 옆에서 이야기를 나누고 위로해 주는 친구가 있으면 부모만큼 소중한 존재다. 춘자가 바로 그런 친구였다.

산성진에는 우리를 위한 숙소와 교실 등이 준비되어 있었다. 한 반에 30명으로 남녀공학이었지만 4학년에 올라가면서 남자 반과 여자 반으로 갈라졌다. 보모와 선생님들도 일부 바뀌고, 원장 선생님도 바뀌었다. 새로 부임해온 원장은 악단에서 지휘자를 했던 경험이 있다 했다. 그는 수업이 끝난 오후나 여름 방학을 이용해 합창단을 만들었다. 4학년과 5학년의 여학생 중에서 60명을 선발했다. 지휘는 원장님이 하셨다.

초등학원에서는 5학년이 제일 높은 반이였다. 5학년을 졸업하면, 고등학원으로 가는 것이었다. 원장 선생님은 아주 훌륭하신 분이었다. 키도 크고 하얀 피부색에 검은 눈이 인자하게 빛나고 있었다. 합창단에 모집 된 학생들은 모두 원장 선생님을 존경하고 좋아했고, 노래도 열심이 불렀다. 합창뿐만 아니라 각 반 대항 문예 콩클도 개최했다.

4학년 때, 우리 반은 담임선생님의 감독 하에 연극도 연출했다.

나는 그 극에서 주인공의 역할을 했다. 두 줄로 딴 머리를 모자 안에 숨기고, 남학생 교복을 입었다. 극의 내용은 인민군이 후퇴했을 때, 학교가 미군에게 점령당하고, 공부를 하지 못하게 된 시기를 배경으로 선생님과 학생들이 학교 회복을 위한 투쟁을 하는 내용이었다. 주인공 이철은 박선생의 지휘 하에 미군과 투쟁하던 중, 미군의 총에 맞아 죽게 된다. 그 죽어가는 장면이 클라이맥스로 막이 내리는데 그 장면은 지금도 똑똑히 기억에 남아 있다.

돌연히 총소리가 난다. 이철이 왼손으로 옆구리를 움켜쥐고 쓰러진다. 이윽고 다른 학생들과 선생님의 부축을 받으며, 숨 가쁘게 ‘박…… 선생님…… 학교를…… 찾아…… 주세요. 원수를…… 갚아…… 주세…… 요……’ 이철은 그렇게 되새기며 이내 숨을 멎고 선생님의 품에 쓰러진다.

연극이 끝나도 한동안 학원에서 아이들은 나를 “이철! 이철!”하고 불렀다. 그 외, 문예창작대회도 있었다. 우리 반에서는 “장미” 무용을 연출해, 일등상을 받았다. 나는 키가 작아, 참가하지 못했다. 여름 방학이 되면 합창단은 길림성 내에 주둔하고 있는 인민군 기지에 가서 위문 공연도 했다. 그때는 전쟁이 끝나서 복구건설 지원군의 일부가 북조선에서 왔고, 인민군의 장교들도 중국에 들어와 훈련을 받고 있었다.

그러던 어느 날 합창 연습이 끝나고 운동장에서 노는데, 운동장

옆에 놓인 긴 의자에 두 아이를 데리고 앉아 있는 젊은 여인이 보였다. 두 아이는 영양부족 때문인지 여위고 작아 보였다. 춘자가 내게 속삭였다.

"원장 선생님의 부인이래. 저 둘은 남녀 쌍둥이고. 이틀 전에 조선에서 들어 왔대, 보모 어머니한테서 들었는데 원산에서 왔대."

나는 원산이란 말을 듣자 가슴이 마구 뛰었다. 그리고 전혀 서로 닮지 않은 쌍둥이와 원장 부인을 번갈아 보았다. 두 어린 자식을 데리고 폭격으로 폐허가 된 원산에서 살아나와 여기까지 찾아온 부인이 그저 존경스럽기만 했다. 그러면서 저렇게 연약한 여인이 어린 쌍둥이를 데리고도 살았는데, 미숙이와 할머니 가족도 분명이 살아있으리라 믿고 또 믿었다.

원장 선생님은 6.25 전쟁이 일어나자, 해산이 임박한 아내를 두고 전선에 나가야 했다. 전선으로 떠나기 전에 부인을 원산 시교에 있는 친정집에 보냈다. 그가 떠난 후 보름 만에 남녀 쌍둥이가 탄생했다. 부인은 편지로 남편에게 알렸지만 회답은 받지 못했다. 전쟁 중에 갓 낳은 쌍둥이를 데리고 어디로 떠나지도 못하고, 겨우 목숨만 유지했단다. 그리고 휴전이 되어 마을 세포 위원장으로부터 남편인 원장님의 소식을 듣고 아이들을 데리고 찾아 왔단다.

한편, 원장 선생님은 음악 재질로 부대 예술단에 소속되어 있었고, 휴전이후에는 중국에 들어 온 고아들의 교육을 전담하게 된 것이었다. 중국에 들어오기 전에 원산시교에 있는 아내의 거처를 찾아 갔지만, 폭격으로 마을은 사라지고, 주민들도 거의 죽었다는 소식만 들었단다. 처가의 일가 중 한사람도 만나지 못하고 돌아왔다고 했다. 하지만 원장님은 산성진 초등학원 원장으로 임명된 후, 우리에게 음악을 가리키고 있던 김은희 선생과 만나게 되었고, 시간의 흐름에 따라 서로 사랑하는 사이가 되었다고 한다. 그때 결혼은 하지 않았지만, 은희 선생은 이미 임신을 하고 있었다.

나와 춘자는 원산 출신이라 부인이 불쌍해서 그들이 유숙하는 곳에 자주 놀러갔다. 쌍둥이와 같이 놀아도 주고 심부름도 했다. 하루는 춘자가 쌍둥이를 데리고 문 앞에서 놀고 있을 때, 부인이 나한테 원산 어디에 있었느냐고 물었다. 나는 충청리 양육원에 있었던 이야기를 하고, 미숙이와 헤어진 이야기를 자세히 설명해 주었다. 그러자 원장님 부인이 물었다.

"동생을 데려간 그 집이 성이 뭔지는 알고 있니?"

"몰라요. 그 집에 어린애가 없다고 할머니와 젊은 아주머니가 함께 와서 양녀로 데려 갔다는 것밖에……."

나는 눈물을 뚝뚝 흘리고 부인은 회상에 잠겨 먼 곳을 바라보다 말했다.

"이제 생각해보니 우리 친정 마을에 윤씨라고 부르는 집이 있었어, 아주 잘 사는 집이었던 것 같아. 내가 쌍둥이를 낳았다고 축하한다며 미역과 물고기, 쌀을 푸짐하게 가져다 줬어."

부인의 입가에는 미소가 흘러나왔다. 그리고 말했다.

"그때는 얼마나 고맙던지. 후에 들은 거지만 그 집 딸이 시집간

후, 몇 년이 지나도 애가 없어 고아원에서 여자애를 데려다 키운다
고 하던데……."

나는 숨이 턱에 닿는 것 같았다. 하지만 간신히 소리를 끄집어내
어 물었다.

"그 할머니는 지금 어디 있는지 아세요?"

하지만 부인은 고개를 옆으로 저으며 대답했다.

"모르지. 대 폭격이 있기 전에 떠났어, 데려온 애가 남한테 놀림
을 받을지 모른다고 아무도 모르는 먼 곳으로 가겠다고 하면서. 부
산에 친척이 있다고 들었는데, 아마 거기에 갔을 지도 모르지."

나는 원산 대폭격 전에 떠났다는 이야기에 안도의 숨을 쉬었다.
윤씨 할머니, 그녀가 바로 미숙이를 데려간 그 할머니였기를 간절히
소원했다. 이후로 나는 미숙이가 부산의 어느 한 모퉁이에서라도
살아 있기만을 바라고 또 바라고 있다.

나와 춘자는 그 후에도 부인의 집에 자주 놀러 다녔다. 부인도 처
음 올 때와 달리 얼굴에 살도 붙고 젊어 보이면서 예전의 예쁜 얼굴
을 회복한 것 같았다. 우리는 부인과 원장 선생님이 한집에서 쌍둥
이 아들딸과 재미있게 지내는 날이 멀지 않을 것으로 믿고 있었다.
하지만 얼마 후 들려온 소식은 우리를 분노하게 했다. 원장 선생님
은 그 사실을 상급에 보고하고, 상급의 결론을 기다리고 있다고 했
다. 아마도 부인과 이혼을 하려는 것이었다. 상급기관에서는 원장
선생님의 선택에 맡겼는데 결국 원장 선생님은 김은희를 선택했다
고 한다. 어린 우리는 원장 선생님을 저주했고, 김은희 선생까지 미

워했다. 그러면서 부인을 찾아가 그녀를 위로한다고 원장 선생님과 은희 선생님 욕을 마구 해댔다. 그러면 부인은 예쁜 눈에 눈물을 머금고 말했다.

"누구의 잘못도 아니야, 모두가 전쟁이 저지른 죄야. 이 전쟁만 일어나지 않았더라면 우리 아기 아버지도 저렇게 되지는 않았을 거니까."

모두 전쟁, 그 전쟁 때문이었다. 아무 이유 없이 선량한 사람들의 부모형제 자식들이 서로 헤어져, 서로를 안타깝게 그리워하며 60여 년을 보내는 이 나라 현실이 슬플 뿐이었다. 얼마 지나 원장 선생님과 김은희 선생님은 다른 학원으로 이동 되었고, 부인도 그곳을 떠났다.

여름 방학이 거의 끝날 무렵, 우리를 가르치는 선생님들이 연수를 가게 되었다. 연수를 통해 선생들을 재교육 시키고 시험을 통해 승급시켰다. 선생님들이 연수를 떠난 후에, 산성진 고등학원의 상급반 학생들이 우리 4학년의 임시 담임선생을 한다는 것이었다. 방학 중이라 그저 노래나 가르치고 이야기도 들려주었다. 그때는 고등학원은 2학년이 제일 높은 반이었다. 우리 반에도 3명의 남학생이 와서 우리를 가르쳤다. 나는 오빠도 2학년이라는 걸 알고 있었기에 그들한테 오빠를 아느냐고 물었다. 그 중에 한 학생이 바로 오빠와 한 반에 있다고 했다. 전쟁 중에 부상당했는지 한쪽 팔이 절반밖에 남지 않게 끊어져 여름에도 팔이 긴 옷을 입고 있었다. 그는 나를 찬찬이 쳐다보더니 신기하다는 듯이 말했다.

"정말 똑 닮았네, 네 오빠는 우기기 박산데. 너도 그렇니?"

나는 그렇게 말을 하는 그 학생을 째려보고는 횅하니 밖으로 나갔다. 다시는 그에게서 이야기도 듣지 않고 노래도 배우지 않았다. 하지만 예감은 좋지 않았다. 분명 오빠가 지금은 단천에서처럼 존경과 사랑을 받고 있지 않다는 생각이 들었다. 두 주일 지나 연수를 갔던 선생님들이 돌아왔고, 대리 선생들도 고등학원에 돌아갔다.

14

오빠의 슬픈 운명

1952년 7월, 나와 의연하게 이별을 하고 떠난 오빠와 다른 남학생들을 태운 트럭은 평안남도 성천군의 어떤 산골에 도착했다. 거기에는 병영식 집들이 나란히 서있었다. 집안에 들어가 보니, 군용 매트위에 시트가 덮여있고, 중국 제품인 담요가 반듯하게 놓여 있었다. 그곳에 소집된 남학생들은 몸에 맞는 군복을 입었고, 학년별로 학습반이 편성되었다. 오빠는 중학 2년생으로 군사학원의 제일 높은 반이었다. 그러나 반에서는 나이도 제일 어리고 키도 작았다. 생활은 군대식이었다. 공부는 교실도 없이 산속에 평평한 곳을 만들어 학년별로 모여서 배웠다.

성천군의 산 위에는 소나무와 밤나무가 많았다. 누구나 베개 속에 밤을 가득 넣어 놓고 양껏 먹을 수 있었다. 식량도 일인당 800그람의 백미가 공급되었고, 고기도 사과도 함께 공급되었다. 매일 그렇게 먹었으니 전쟁 중에서 천당 같은 생활을 한 것이었다.

3개월쯤 그런 생활이 계속 되었다. 하지만 평양이 대폭격을 당하고 최고지도자도 겨우 목숨만 건졌다는 소식과 북조선의 도시에는 집 한 채도 남지 못 하고 전부 폐허로 변했다는 소식도 들려왔다.

그러자 어깨에 별을 두개나 얹은 장군이 몇 번인가 시찰을 왔다 가더니, 조선 고아 2만 명을 중국에 보낸다는 통지가 왔다.(그 후 우리 여자애들이 들어 와 4만 명이 되었지만) 군사학원의 학생들은 모두 기뻐 날뛰었다고 했다.

중국으로는 트럭으로 이송되었다. 공습을 피하기 위해 밤에 전진하고, 낮에는 산골짜기에 숨어 잤다. 밤중인데도 도로에는 지원군의 군수품 수송 트럭과 이동 중인 행렬이 뒤섞여 혼잡하니 더디게 갈 수밖에 없었다. 청천강을 건너기 위해 강 옆에서 며칠 묵었다. 밤에만 건너야 하는 뗏목도 늘 만원이었다. 긴급히 운송해야 할 부상병들과 긴급물자 수송을 위해 도강하는 병사들도 많았고. 하늘에 조명탄이라도 켜지면 그나마 도강도 할 수 없었다. 폭격에 끊어진 청천강 대교는 상처 입은 괴물처럼 어둠속의 강물 위에 걸쳐 있었다. 중국지원군은 군사학원 학생들의 트럭을 우선적으로 뗏목에 올려 건너게 해주었다.

얼마를 지나지 않아 오빠를 실은 트럭은 신의주에 도착했고 이윽고 압록강을 건너 중국 안동으로 들어와 흑룡강성, 길림성, 료녕성 등으로 분산 배치되었다. 이때가 바로 1952년 10월 이었다. 오빠가 배치된 곳은 흑룡강성 목단강 초등학원이었다. 인민학교와 중학교가 같이 있는 곳이었다.

그리고 반년이 지난 1953년 1월에 목릉초등학원으로 이동되었다. 그곳은 목릉현 소재지였지만, 지저분하고 난잡한 곳이었다. 새로 지은 숙사와 교실은 있었지만 울타리도 없었다. 바로 기찻길 옆이었고, 2차대전 때문인지 아니면 중국 국내 전쟁 때문이었는지는 모르나 전쟁의 흔적은 그대로 남아 있었다. 주민들 중에는 러시아계의 사람도 많이 보였다. 러시아 10월 혁명 때 쫓겨 나온 백계 러시아의 후대들이라고 했다. 당시 러시아는 특사를 훈령해서 외국으로 망명했던 사람들의 귀국을 허락했다. 울타리도 없는 학원에서 철로 쪽을 바라보면 러시아로 들어가는 수많은 러시아인들이 보였다.

오빠를 포함하여 공부 잘하는 4명의 학생들은 마음에 소망을 품었다. 그들은 특별히 물리학을 즐겼고, 모여 앉기만 하면 핵물리에 관한 토론으로 시간이 가는 줄 몰랐다. 그들은 러시아로 가서 핵물리 연구 분야에서 훌륭한 박사가 되려는 꿈을 꾸고 있었다. 4명은 결국 도망을 계획하고, 밤중에 러시아행 화물차에 올라탔다. 하지만 그날 새벽 러시아인한테 붙들리고 말았다. 그곳이 어디인지도 모르고 초중 1학년부터 배운 익숙하지 못한 러시아어로 조선 사람인데 러시아에 가고 싶다고 애원했으나 결국 끌려나와 땅바닥에 내동댕이쳐지고 말았다. 그래도 사흘 동안 러시아 쪽 방향으로 걸었으나 결국 중국 경찰에게 잡혀 학원으로 되돌아 왔다.

원장은 그 일로 관리 책임에 대한 질책을 받자 네 명의 학생을 밧줄로 매어 공중에 걸어 놓고, 몽둥이와 채찍으로 때리고 며칠 동안 감옥에 가두었다. 그때부터 네 명의 이마에는 '부랑자'라는 검은 점이 찍혔다.

그 다음으로 옮겨간 곳이 화룡이었다. 화룡은 오빠가 태어난 그리운 고향 땅이었지만, 한편으로는 청산당한 소름끼치는 공포의 땅이기도 했다. '지주'란 성분을 강요당한 저주받은 곳이었다. 오빠는 성분 때문에 일생동안 마음고생을 하며 살아 온 사람이다. 후에 알게 된 것이지만 우리 집 성분은 '직원'이 되는 것이었다. 성분이란 그 가정의 수입원을 보고 정하는 것으로, 아버지가 토지를 관리했거나 땅세를 받은 적이 없이, 오로지 월급을 받는 직원으로 생활을 했으니, 직원이 마땅했다. 그런데 농회에서 억울하게 '지주' 성분으로 분류했기에 오빠는 그토록 고생을 한 것이었다. 그때 성분이 그렇게 바뀌지만 않았어도 오빠는 고향인 화룡으로 되돌아 왔을 때 친척도 찾고, 아버지 슬하로 돌아왔을 것이다. 오빠는 그때 성분을 감추고 있었다. 그것이 발각 나는 것이 제일 두렵기 때문이었다.

당시 학원에서는 찬모를 대부분 중국에 있는 조선족들 중에서 모집했다. 그 중에 죽순이라는 찬모가 있었는데 오빠는 그녀를 보고 너무 놀라 며칠 동안은 밥도 제대로 넘기지 못했단다.

화룡에서 청산되기 전에 그녀가 우리 집에 식모로 일을 하고 있었기 때문이다. 당시 18살 되는 처녀로 온순하고 일을 잘 하기에 어머니는 죽순이를 우리 집에서 시집까지 보내 주겠다고 했다. 하지만 그녀의 아버지가 데리고 가서 해방군한테 시집을 보냈다. 그러나 남편이 전사하고 과부가 됐다고 했다. 그런 죽순이가 오빠를 알아볼까봐 겁나서 떨었다.

당연히 오빠가 성분을 속이고 있었으니, 죽순이가 알아보면 큰일이었던 것이다. 오빠는 죽순이를 알아 볼 수 있었지만 나이에 비해 많이 늙어 보였다. 옛날 일 잘하고 예쁘기만 했던 그 옛날 죽순이가 아니었다. 다행히 죽순이가 오빠를 알아보지 못했다. 여덟 살이

126

었던 철부지가 17세의 청년이 됐으니 알 리가 없을 것이지만 혹여 제대로 마주치지 않아 못 알아 볼 수도 있었을 것이다. 오빠가 어떻게 하든지 마주치지 않게 피해 다녔기 때문이었다.

다행히 그곳에서 일 년도 되지 않아 산성진으로 이송되었다. 더 이상 죽순이를 두려워할 걱정이 없어진 것이 제일 기뻤다. 도대체 그 '성분'이란 게 무엇인지. 악마보다 무서운 쇠사슬 같은 억압으로 무고한 수많은 사람들의 일생을 옥죄이며 얼마나 괴롭혔는지 참으로 알 수 없는 세상이었다.

1955년 7월, 산성진에 이동 했을 때, 오빠는 고등학교 2학년이었다. 바로 북조선에서는 전후 복구건설을 위해, 기능공이 가장 필요했던 시기였다. 3년간의 전쟁은 숙련된 기능공을 모두 전선으로몰아 넣어 모두 대포밥으로 만들고 만 것이었다. 북조선에서 많은 초, 고등학생들을 기능공으로 육성하기 위해 중국으로 실습생으로 파견했다. 중국의 학원에서도 초, 고등학생들을 실습생으로 공장과 기업에 보내게 되었다. 하지만 오빠는 실습생으로 나가지 못하고 학교에 남아서 3학년의 공부를 하게 되였다. 그때 남은 학생들은 대부분 병이 있거나 전쟁 때 팔다리가 잘린 불구자뿐인데 오빠를 포함한 목릉초교 탈출 4인방은 사건이후로 같은 취급을 받았다. 아마도 학교에서는 실습 중에 또 도망치지 않을까 염려 했는지도 모를 일이었다. 그때 오빠가 실습이라도 가서 군대에 나가지 않았다면 나와 같이 아버지를 찾았을 것이다. 오빠의 운명은 한 번의 실수로 그렇게 꼬이고 말았다. 모두 전쟁, 그 전쟁 때문이었다.

15

아버지, 얼굴도 기억하지 못한 아버지를 만나다

나는 산성진 초등학원에서 일 년을 지내고 5학년으로 올라갔다. 그해 북조선 중앙당 간부가 중국에 있는 조선 고아들의 생활현장을 시찰하러 왔다고 했다. 시찰단은 고아들의 생활이 당시 조선의 실정에 비해 너무 우월하다며 부디 사회로 나가서 독립할 수 있는 자립심을 키워달라고 지시했다. 그때 나는 13살이었는데 우리 반에는 16살 되는 애들도 있었다. 우리는 밥을 해본 적도, 빨래를 한 적도 없었고, 이불깃을 빨아본 적도 없었다. 바느질과 뜨개질도 해본 적이 없었다.

중앙당 간부의 시찰을 계기로 우리 생활에는 많은 변화가 생기기 시작했다. 흰쌀밥에 잡곡이 조금씩 섞이고, 고기의 양도 줄었다. 겨울 솜옷은 솜이 없는 겹옷으로 변했고, 여자 반에는 재봉틀이 한 대씩 놓였다. 코바늘과 실을 나누어주며 뜨개질을 배우도록 했다. 또 실습용 주방을 설치해 놓고, 한 주일에 한 번씩 돌아가면서 스스로 밥을 짓고, 요리를 할 수 있게 도구와 재료도 공급했다. 여름방학에는 솜이불을 뜯어, 이불안과 겉을 세탁에 보냈고, 세탁해 온 이불안과 겉에 다시 솜을 놓아 바느질해 이불을 만들었다. 모두 우리가 직접 했다. 김장철이 왔을 때는 여자애들이 모두 동원되어 배추를 다듬고 소금에 절이고 속을 발라 김치항아리에 넣었다. 일 년 동안 우리는 참으로 많은 것을 배웠다.

1956년 7월 우리는 인민학교를 졸업했다. 나도 오빠처럼 중학교로 진학하는 줄로 알고 있었다. 하지만 전쟁 후의 복구 건설에는 많은 노동력이 필요했다. 특히 공장의 기능공과 농촌의 회계 등이 부족했다. 내가 속한 산성진 초등학원의 5학년 졸업생, 전원이 그대로 농업학교 학생으로 변했다. 교실, 숙소 등은 하나도 변함이 없었는데 우리를 가르치는 선생님만 새로 파견되어 왔다.

우리가 배우는 과목은 중학교의 교과목과 비슷했다. 문학, 대수, 화학, 물리, 정치 등의 학문 외에 농업, 토양관리, 퇴비 등 농업에 관한 과목이 첨가되었다. 그리고 학교에서 멀지 않은 넓은 밭을 실습지로 쓰게 되었다. 봄이 오자 오전에는 학교에서 수업을 받고, 오후에는 밭에 나가 토양을 정리하고, 종자를 뿌리고, 모를 옮겼다. 밭에는 오이, 배추, 상추, 감자, 토마토, 호박 등 채소 외에 수박, 콩, 옥수수, 해바라기도 조금씩 심었다.

여름방학이 되었을 때는 농작물이 푸르고 싱싱하게 밭을 덮었다. 우리는 싱싱한 오이와 토마토를 뜯어 그 자리에서 먹으며 식당으로 날랐다. 감자와 토마토를 접종시키면 땅 위에는 토마토가 나고 땅밑에는 감자가 달리는 식물을 기대했으나 접종한 것은 이상한 모양으로 틀어져서 뽑아 버렸다. 수박은 처음에는 크게 열리는 것 같더니, 8월이 되자 성장이 멈추고 속은 익지 않고 그냥 허연 채로 있었

다. 너무 늦게 심었다는 것이었다. 어쨌든 일 년간 농업의 산 기초
를 배운 셈이었다.

오빠가 고중 3학년을 졸업하게 되는 1957년 7월을 앞둔 5월에 오
빠는 인민군에 입대통지서를 받았다. 물론 러시아 탈출 4인방이 같
이 입대를 하는 것이었다. 조선으로 가기 전에 오빠를 포함한 예비
입대자 전원은 중국의 공장과 기업을 견학 하게 되었는데 그곳에서
실습하고 있는 동창들과도 만났다. 하지만 그들은 고중을 졸업하고
군대에 나가는 오빠를 부러워했다고 했다. 한편 우리도 농장이 아
닌 공장으로 실습을 하러 간다는 소문이 돌았다. 실습이 끝나면 조
선의 공장에 배치되어 일하게 된다는 것이었다.

그때 북조선에서도 중국에 들어왔던 고아들이 조선으로 돌아가
게 된다는 소문이 돌았던 것이다. 부모가 살아있으면서도 자식을
중국으로 들어가는 고아원에 들여 보냈던 집들에서는 자식을 찾
기 시작했다. 우리반에도 세 명이 있었다. 그들은 부모가 살아있는
것을 알면서도 시치미를 떼고, 5년 동안 견디어 냈던 것이다. 나는
부럽기도 했지만, 놀라운 눈으로 그들을 바라볼 뿐이었다.

6월이 되어 오빠는 군대에 입대하게 되었다. 오빠는 떠나기 전날
나를 찾아 왔다. 같은 산성진에 있으면서도 처음 만난 것이었다.

"오빠, 조선에 가면 먼저 원산에 가서 미숙이를 찾아 봐. 또 아버
지도 인민군에 있으니 찾을 수 있을 거야. 꼭, 꼭이야."

"아마 힘들 거야, 찾아보기는 하겠지만……."

나는 그때까지 아버지가 인민군으로 나간 줄 알았다. 하지만 오

빠는 아버지가 인민군이 아니라는 것을 알고 있었다. 오빠는 입대한 후에 편지를 보내왔고 사진도 보내왔다.

오빠가 떠난 후, 한 달도 안 되어 아버지가 우리 세 남매를 찾는다는 소식이 왔다. 나는 오빠가 주고 간 만년필로 오빠한테 편지를 썼다. 아버지를 찾았으니 빨리 중국으로 들어오라고. 그러나 그때 오빠는 19살이었고, 또 인민군 군인이어서 중국으로 들어올 수 없었다.

그러던 7월의 어느 날, 아버지가 나를 만나러 왔다. 나는 세 살 때 헤어진 아버지를 알아 볼 수가 없었고, 아버지도 나를 알아보지 못했다. 나는 고개를 들어 아버지를 한 번 쳐다보고는 머리를 숙이고 땅만 내려다보았다. 아버지는 오빠와 미숙이에 대해 물었고, 나는 미숙이는 남의 집에 주었고 오빠는 군대에 갔다고 했다. 옆에 서 있던 배 선생이 감탄을 했다.

"어쩌면 저렇게 꼭 닮았어, 부녀간이 아니라고 해도 믿지 못 하겠네."

하면서 나를 끌어당겨 놓고, 아버지와 나의 얼굴을 번갈아 보며 쾌활하게 웃고 있었다.

배 선생은 우리가 처음 중국에 들어 왔을 때, 우리 반을 책임진 선생이었다. 그 후 그녀는 두 살 어린 체육 선생과 결혼해서 아들을 낳고, 지금은 유치원반의 책임자로 있다. 배 선생이 말했다.

"처음 들어 왔을 때는 코 흘리던 애가 벌서 이렇게 컸으니, 세월도 빠르지."

　나도 오 년 전 처음 중국에 들어왔을 때, 우리를 보살펴 주던 배 선생님의 자애한 그 모습을 다시 떠올리며 그녀에게 몸을 기대고 웃었다. 아버지는 나를 찬찬이 보며 "코하고 덧니까지 제 어미를 딱 닮았네……"하며 빙긋이 웃었다. 나는 속으로 이 사람이 진짜 아버지가 아니더라도 따라가고 싶었다. 그저 학원을 떠나는 것이 먼저라고 생각했다. 그렇게 생각하며 아직은 낯선 아버지의 얼굴을 바라보니 어딘지 오빠와 비슷하게 생겼다고 느꼈다. 순간 '오빠가 옆에 있었으면 얼마나 좋았을까' 생각하면서 이렇게 늦어 찾아 온 아버지가 원망스럽기도 했다.

　다음 날 아버지는 장춘으로 돌아갔다. 그때 아버지는 동북인민대학의 강사였다. 아버지가 돌아간 후, 나는 학원에서 반 년 가까이 기다렸다. 그 반년이 내게는 지나간 5년보다도 더 길게 느껴졌다. 조선에 부모가 있는 애들은 수속이 빨라서 한 달 안에 모두 나가 버렸다. 조선에 있는 부모들은 애들이 공장으로 실습 나가기 전에 데려다 중학교에 보내려고 서둘렀던 것이다.

　당시 조선은 전쟁 복구 건설 중이어서 물자가 부족해 모든 생활용품이 중국으로부터 제공되었다. 조선에 있는 부모를 찾아 나가는 애들한테는 이불도 새로 해주고, 옷감도 새로 끊어 줬다. 조선의 경제 상황이 좋지 않아, 물건을 사기 어렵다는 것이었다.

　드디어 1957년 11월 나는 아버지를 따라 그 학원을 떠났다. 수속은 간단했지만 두 나라의 국적 변동의 관계로 그렇게 긴 시간이 걸렸다고 했다. 아버지는 우리 가족이 헤어진 경과를 쓰고, 자식을 데려가겠다는 신청을 심양에 있는 조선 고아관리부에 제출했다. 관리부는 아버지의 신청과 내가 기억하고 있던 아버지, 어머니, 오빠, 미숙이의 이름을 근거로 부녀관계를 인정했다.

이렇게 우리 세 남매는 세 나라로 갈라지게 되었다. 오빠는 지금까지 북조선에서 살아왔고, 나는 중국에서 살아 왔다. 미숙이는 어디서 어떻게 살고 있는지? 나는 산성진 초등학원에서 원장 선생님의 부인이 말했던 윤씨 할머니가 바로 미숙이를 데려간 그분이라 믿고 싶다. 그러면 미숙이는 지금 남한에 있을 것이다. 그러나 아직 그곳에 있을까? 혹시 전쟁이 끝나고 삶이 고단해 미국으로 가지 않았을까? 혹시 브라질에라도?

나는 미숙이가 분명 살아 있다고 믿고 있다. 왜냐하면 총알이 비 오듯 쏟아지는 전쟁터에서도 죽지 않고 살아난 미숙이가 아닌가. 정전 후의 기나긴 세월동안, 오빠와 나는 서로 만날 수 있었지만, 만날 때마다 미숙이의 이야기를 했다. 지금도 둘이 만나면 '별 삼형제'의 노래를 부르며 눈물을 흘린다.

날 저무는 하늘에 별이 삼형제
반짝반짝 정답게 지내이더니
전쟁 중에 별 하나 어디로 가고
남은 별만 둘이서 눈물 흘린다

작가후기

아버지를 그렇게 극적으로 만난 것은 내 인생에 가장 큰 행운이었다. 나는 아버지의 보호 속에 중국의 소위 총로선, 대약진, 인민공사 등 정치운동이 계속 진행되는 가운데 초급중학을 끝냈고, 이어서 중국의 과도한 정치운동으로 농업과 공업생산이 붕괴되면서 전국적인 기아상태가 3년이나 지속되었음에도 나는 고급중학을 마치고 대학에 들어갔다.

대학시절에 동기들끼리 서로의 과거를 토로하고 미래를 꿈꿀 때, 모두들 나한테 지나 온 이야기를 쓰라고 권고했었다. 나 자신도 언젠가 글을 쓰려고 결심했었다. 그러나 몇 십 년이란 세월이 흘러가도 나는 그 기회를 찾지 못했다.

내가 대학 3학년 때, 중국에서는 '문화 대혁명'이 일어났다. 지식인을 박해하는 것이었다. 그런 탄압이 10년간 이어졌다. 그 기나긴 고난의 생활 속에서 정신적 또한 육체적인 고통은 말할 수 없었다. 배우고자 그토록 몸부림을 쳤으나 배웠기에 다시 배척을 받았다. 문화 대혁명 후, 중국 사회는 대학을 졸업한 지식엘리트 계층을 전문가로 대우하지 않고 일반 노동자로 취급을 했다.

그때 나는 나의 전공을 과감히 버리고 자학으로 일본어를 배우고 대학의 일본어 강사로 일자리를 바꾸었다. 당시 중국에서의 대학 졸업생은 국가의 배치에 절대 복종해야 했고, 일자리를 옮긴다는 것은 하늘의 별따기 같은 것이었다. 삶의 전환을 이룰 수 있었다는 것도 내 인생에 행운이었다. 그래서 나는 중국이 개방 정책을 실시하면서 일본에 유학 갈 수 있었고, 돌아와 중국에 새 기업을 설립하고 투자하는 일본 기업에 근무하게 되었다.

십여 년의 일본 기업에서의 근무를 통해, 일본어 수준도 높아졌다. 그 당시 일본에서 중국영화 '당산 대지진(唐山大地震)'의 원본을 번역 출판을 기획하게 되었다. 나는 일본 친구의 알선으로 번역을 담당했고, 짧은 기간 내에 번역을 완성해 호평을 받았다. 그때 나는 나의 글을 써보고 싶다는 생각을 하게 되었다. 이 글을 출간하고 나면 나는 일본어로 써보고 싶다는 생각을 한다.

나는 이 글을 쓰기 위해 중국에서 출판된 6.25전쟁에 관한 책을 많이 읽었고, 또 일본에 여행 갈 때마다 6.25전쟁을 배경으로 한 전기(傳記)와 소설도 구입해 많이 읽었다. 또 나는 이 글을 쓰기 위해, 최근 2년 사이에 세 차례의 한국 여행을 했다.

첫 번째 서울을 여행했을 때는 6.25전쟁에 관한 책을 많이 사서 중국으로 부쳐와 읽었고, 두 번째 여행 중 부산에서 조카들과 만나, 글을 써 보겠다는 의사를 표명하고 도움을 구했다. 결국 세 번째 방문에 조카 신광옥의 도움으로 출판의 결심까지 하게 된 것이다. 내 글을 끝까지 읽고 수정을 담당했던 조카 광옥이는 출판에 대해 다소 의기소침해 있던 내게 아주 좋은 작품이 될 것 같다며 용기를 불어 넣어 주었다.

나는 갈라진 남북의 하늘을 바라보며 안타까움과 애잔한 가슴으로 이날까지 살아 왔다.

정전 후, 남쪽의 경제가 어려웠을 때는 내 동생 미숙이가 굶주리고 있는 것 같아 안타까웠다. 하지만 80년대 한국의 비약적인 발전을 봤을 때는 놀라움과 기쁨으로 가슴이 벅찼다. 1997년에 처음으로 한국의 땅을 밟았을 때는 긍지와 자부심으로 가슴이 부풀었다.

남북의 대화가 진행되고, 텔레비전에서 한국의 대통령이 북쪽을 방문하는 장면과 이산가족들이 서로 만나 끌어안고 눈물을 흘리는 장면을 봤을 때는 통일이 곧 실현될 것 같아 흥분하고 기뻐했다. 세 곳으로 갈라진 우리 남매가 한 곳에 모여 앉아 지나간 이야기를 나누는 상상을 하면서…….

그러나 대화가 끊어지고 서로에게 다시 총부리를 겨누는 모습을 보면 안타깝기 그지없다. 나는 지금까지 여러 면으로 한국에서 이 글을 출판하는 것을 우려해 왔다. 이 글로 인해, 북쪽에 살아 있는 오빠에게 피해가 되지 않을까? 남쪽에 있는 조카들에게 영향이 없을까? 또 남쪽에 있을지도 모르는 여동생에게 불행이 미치지나 않을까? 하지만 남한에 있는 조카들은 그런 세상은 이제 다 지나갔다고 했다.

그래서 내가 죽기 전에, 혹은 내 기억이 흐릿해지기 전에 이 글을 꼭 남겨둬야 하겠다고 생각됐다. 정말 불과 60년 전, 내가 어릴 적 그때의 6.25 전쟁은 일반 사람들이 상상도 못할 참혹한 상태였다.

70살이 다 된 내 머릿속에는 그때의 비참함이 결코 떠나지를 않는다. 그때 정말 이런 세상이 오리라고는 상상조차 할 수 없었다. 인간의 생각의 한계를 넘는 세상이었다. 그래서 이런 행복한 세상에 살면서 전쟁을 전혀 모르는 젊은 세대가 6.25전쟁이란 어떤 것이냐고 질문한다면 이 글을 읽으라고 하고 싶다.

2013년 4월 28일 신영혜